Anke Krohmer
Lieber gemeinsam als einsam

Anke Krohmer

Lieber gemeinsam als einsam

Die Kunst, Kontakte zu knüpfen

Kreuz

Die Gedanken, Methoden und Anregungen in diesem Buch stellen die Meinungen beziehungsweise Erfahrungen der Verfasserinnen dar. Sie wurden von der Autorin und der Herausgeberin nach bestem Wissen erstellt und mit größtmöglicher Sorgfalt überprüft. Jede Leserin, jeder Leser sollte für das eigene Tun und Lassen auch weiterhin selbst verantwortlich sein. Daher erfolgen Angaben in diesem Buch ohne jegliche Gewährleistung oder Garantie des Verlags oder der Autorinnen. Eine Haftung des Verlags oder der Autorinnen für etwaige Personen-, Sach- und Vermögensschäden ist ausgeschlossen, es sei denn im Falle grober Fahrlässigkeit.

Namen und persönliche Angaben der Frauen, die sich in den Erfahrungsberichten äußern, wurden geändert. Ähnlichkeiten oder Übereinstimmungen mit lebenden Personen sind zufällig.

Herausgegeben von Brigitte Huber, München

Die Deutsche Bibliothek – CIP- Einheitsaufnahme

Krohmer, Anke:
Lieber gemeinsam als einsam : die Kunst, Kontakte zu knüpfen /
Anke Krohmer. - Stuttgart : Kreuz, 1998
ISBN 3-7831-1620-1

1   2   3   4   01   00   99   98

© Dornier Rechte + Lizenzen AG, Zürich 1998
Alle deutschsprachigen Rechte beim Kreuz Verlag
GmbH & Co. KG, Stuttgart; Postfach 80 06 60
70506 Stuttgart, Tel. 0711/78 80 30
Umschlaggestaltung: Jürgen Reichert, Stuttgart
Umschlagbild: Pacific Prod./Stock I/Premium
Satz: Buch-Werkstatt GmbH, Bad Aibling
Druck und Bindung: Printed in Germany
ISBN 3 7831 1620 1

Inhalt

Vorwort

Zum Beispiel Anna.
Anna hat es geschafft. Sie lebt mit Max in Hamburg, kennt dort eine Menge Leute und ihre Arbeit als Werbetexterin macht ihr Spaß. Und dann kommt das Angebot aus Süddeutschland: ein Job in der PR-Abteilung eines großen Unternehmens. Anna nimmt an. Richtet sich in der neuen Heimat ihre Wohnung ein. Ackert bis spät in die Nacht im Büro. Freizeit? Fehlanzeige. Die Wochenenden verbringt sie im Bett. Allein. Wenn Anna es nicht mehr aushält, bucht sie einen Flug nach Hamburg. Nur weg von hier. Weg von den Fremden.

Sophie flüchtet auch.
Zieht sich zurück. Keine drei Monate ist es her, seit Stefan eine andere hat. Mit Stefan war Sophie neun Jahre lang zusammen, im ersten Semester Sport hat es gefunkt, bei den Uni-Meisterschaften im Hockey. Heute spielen sie beide längst im selben Verein, und Sophies Freunde sind auch Stefans Freunde. Neun Jahre lang war das so. Seit Stefan weg ist, hat sie mit keinem aus der Clique mehr gesprochen. Nie das Telefon abgenommen. Keine Nachricht auf dem Anrufbeantworter abgehört. Sophie vertraut ihren Freunden nicht mehr. Sie vertraut niemandem mehr. Am wenigsten sich selbst.

Und Marion.
Marion verkauft Reisen in einer kleinen Agentur, in einer winzigen Stadt. Lebt in einer Zweizimmerwohnung, allein. Marion hat Angst. Torschlusspanik. Alle sind verheiratet. Die Kollegen. Die Freunde von früher. Und

sie ist fünftes Rad am Wagen. Kaum eine Einladung, bei der die Clique sie nicht verkuppeln wollte. Ab und zu geht Marion ins Fitnessstudio. Und allein wieder nach Hause. Oder schaltet Kontaktanzeigen. Und stochert beim ersten Date lustlos im Essen herum. Wie Marion sich fühlt? Wie eine alte Jungfer. Abgestempelt. Auf dem Abstellgleis.

Höchstwahrscheinlich kommt Ihnen einer dieser drei Frauentypen bekannt vor. Oder Sie erkennen sich selbst ein wenig wieder. In Anna. Sophie. Oder Marion. Single-Frauen. Von vielen bewundert als autonome Persönlichkeiten und emanzipierte Menschen. Berufliche Leistungsheldinnen. Sexuell frustriert, einsam, kontaktunfähig. Meinen die anderen.

Jeder dritte Deutsche und die Hälfte aller Menschen in München, Hamburg, Zürich oder Paris leben heute schon allein. So steht es oft genug in den Zeitungen und Magazinen. Sozialwissenschaftliche Studien stellen richtig: Etwas mehr als ein Drittel aller Haushalte in Deutschland sind zwar Einpersonenhaushalte, dort wohnen aber nur etwa 16 Prozent der Bevölkerung. Also lebt keineswegs jeder dritte, noch nicht einmal jeder sechste Deutsche allein. Rund 12 Millionen sind es insgesamt: hauptsächlich Studenten, ältere Witwen, Menschen um die 30 – »echte« Singles eben.

Über zu wenig Aufmerksamkeit können die sich nicht beklagen. Medien berichten vom »Ich-Kult« des immer-verliebten-nie-verheirateten-cabrio-versessenen Großstadtmenschen. Die Lebensmittelbranche boomt mit einer fixen Idee: der »Einen-Portion-Fertigsuppe«. Und die »Freizeitvermittlung« wird von Agenturen als Marktlücke entdeckt.

Wir 25 bis 40jährigen: Alles Eigenbrötler? Egoisten?

Eremiten? Denken wir nur an uns? Oder nur an unser Alter? 25 bis 40: Zeit der Entscheidungen. Wir stellen die Weichen. Natürlich, wir sind freiwillig allein. Keine offene Zahnpastatube im Badezimmer. Niemand, der meckert, wenn keine Milch mehr im Kühlschrank ist. Überhaupt ist da keiner, der uns irgendwie im Weg steht. Und wir denken an Karriere. Und Kinder. Oder Kinder. Natürlich sind wir freiwillig allein – gewesen.

Es wird keine »Single-Gesellschaft« geben, wohl aber immer mehr Menschen, die allein leben, prophezeien Wissenschaftler. Weil wir flexibel sein müssen im Leben und mobil. Wir wechseln Wohnort und Arbeitsplatz, Nachbarn und Kollegen; Kontakte werden beliebig. Bekanntschaften austauschbar. Freundschaften aufkündbar. Wir fühlen uns einsam und isoliert. Und krank. Seele und Körper wehren sich: Depressionen, Angstzustände. Kopfschmerzen, Schlafschwierigkeiten, Hautkrankheiten, Bluthochdruck.

Eng und gefühlsbetont, freundschaftlich locker oder intim: Erst Beziehungen ermöglichen uns zu existieren. Ohne andere können wir nicht sein. Anna nicht. Sophie nicht – und Marion auch nicht. Doch nicht nur Singles fühlen sich manchmal jämmerlich. Was wir nicht vergessen dürfen: wie schrecklich einsam wir uns auch in einer Partnerschaft fühlen können. Da ist Katrin, die mit ihrem Mann wegen seines Jobs in eine fremde Stadt gezogen und jetzt arbeitslos ist. Und Lea, die mit ihrem Mann nur noch am Wochenende eine Ehe führt.

Ihnen allen reicht's jetzt. Sie wollen sich nicht mehr verlassen vorkommen. Stattdessen: auf andere zugehen. Kontakte knüpfen. Menschen treffen. Freundschaften pflegen. Haben Sie Mut zum ersten Schritt!

Kapitel 1
Die Single-Gesellschaft
Zahlen. Fakten. Hintergründe

»Doch wehe dem, der allein ist, wenn er hinfällt, ohne dass einer bei ihm ist, der ihn aufrichtet.«

Prediger 4,10

Alle reden von den Singles.

Single-Sein ist nicht mehr Frage der persönlichen Lebensgestaltung. Single-Sein ist in. Singles sind eine öffentliche Angelegenheit. Beispielsweise zitiert die Münchener Abendzeitung das Ergebnis einer Erhebung des Deutschen Städtetags: 52,2 Prozent aller Haushalte der bayerischen Landeshauptstadt werden von Einzelpersonen geführt. Ist München Deutschlands Single-Hauptstadt? Das Blatt hakt nach bei der Stadtverwaltung, Abteilung Bevölkerungsstatistik: 722 683 Haushalte sind insgesamt in München gemeldet, in 379 937 wohnen Einzelpersonen. Dabei zählt eine WG mit fünf Leuten als fünf Einzelhaushalte. Pärchen, die unverheiratet zusammenleben, werden in der Statistik ebenfalls als Singles geführt. Und Verheiratete, die getrennt leben oder einen zweiten Wohnsitz gemeldet haben, werden auch zu den Alleinstehenden gerechnet.

Singles sind ein Phänomen – historisch betrachtet ein sehr junges. Bis in die 60er Jahre lebte nur allein, wer seinen Partner verloren hatte. Somit vorwiegend ältere Menschen. »Singles« ist ein Begriff, der in den 70ern aus dem Sprachgebrauch der Amerikaner übernommen wurde und soviel bedeutet wie: jung sein, keine Familie gründen, keinen Partner haben, sondern bewusst und freiwillig allein leben. »Swinging Singles« waren diese Menschen, die sich nicht auf Bekannte, Freunde oder Lebenstile festlegen lassen wollten, sondern spontan suchten und fanden.

Den Begriff gebrauchen wir seither gern und oft. Single ist, wer allein lebt. Punkt. Alter und Familienstand spielen dabei keine Rolle, auch nicht, ob wir einen Partner haben oder nicht, freiwillig oder gezwungenermaßen allein sind. Wir sind Singles. Und wir werden immer mehr. 1972 lebten in Westdeutschland noch 350 000 Frauen im Alter zwischen 25 bis 45 Jahren allein, 1989 eine Million. Die Männer im Vergleich: 700 000 waren es 1972, 17 Jahre später 1,7 Millionen.

Wollen wir keine Partner – oder finden wir keine? Die Thesen der Wissenschaftler: Frauen leben unter anderem deswegen allein, weil sie ihre eigenen beruflichen und privaten Möglichkeiten so besser ausschöpfen können; Bildung und Arbeit sichern ihre gesellschaftliche Stellung ökonomisch und sozial, unabhängig von einem Partner und Familie. Alternativen zur Ehe haben sich als Lebensformen etabliert, von den einst diskriminierten »alten Jungfern« und belächelten »Hagestolzen« spricht heute keiner mehr. Auch möglich, dass wir gar keinen Partner finden können: Laut Statistik gab es zu Beginn der 90er Jahre einen Männerüberschuss in Westdeutschland, ein Plus von 680 000 im Alter zwischen 25 und 45 Jahren. 185 ledige Männer zwischen 30 und 40 müssen sich um 100 Frauen schlagen.

Wie sieht das Dasein von Singles aus? Wie steht es um ihr Selbstverständnis? Nur höchstens drei Prozent – vorsichtig geschätzt – der Gesamtbevölkerung Deutschlands sind freiwillig allein, überzeugt davon und nicht willens, diesen Zustand demnächst zu verändern. Glücklich also.

Klassische Singles eben. Und die anderen? Verstehen ihr Single-Dasein als Durchgangsstation.

Klar ist, dass in einigen Jahrzehnten Singles jeden Alters in jedem gesellschaftlichen Bereich zu Hause sein werden – bis hin zum Seniorenheim. Statistisch sind sie alle gleich: Einzelpersonen. Ob freiwillig oder unfreiwillig, glücklich oder unglücklich. Dennoch werden wir uns nicht zur Single-Gesellschaft entwickeln: Auch wenn immer mehr Menschen künftig allein sein werden, so die Beurteilung der Wissenschaft, zahlenmäßig werden immer diejenigen dominieren, die mit anderen zusammenleben – in welcher Beziehungskonstellation auch immer.

Singles – die unbekannten Wesen? Eine Typologie

Sie stehen samstags an der Wursttheke. Drei Scheiben Schinken, ein kleines Steak, ein Würstchen nur, kein Paar. Beim Käse kaufen Sie ein Eckchen Brie und vom Gorgonzola eine Scheibe, die ganz schmale, bitte. In der Tiefkühltruhe fischen Sie nach dem wieder verschließbaren Gemüsebeutel. Und an der Kasse stellen Sie noch eine Cola-Light aufs Band. Tja, Sie sind Single. Unter der Woche bleiben Sie unerkannt. Am Samstag nicht.

Ihr ganzes Leben verbringen Sie unter »Doubles«. Die neue Kollegin, genauso alt wie Sie, kommt aus dem Mutterschaftsurlaub zurück. Sie berichtet stolz, dass der Kleine endlich durchschläft und ist wütend über die Windelpreise. Ihre beste Freundin plant gerade ihre Hochzeit, und beim Kaffeeklatsch dreht sich alles um die Frage: Schleier – ja oder nein. Und Sie sitzen im Park und lesen ein Buch, während Paare Fangen spielen oder sich gegenseitig den Nacken massieren.

Dann, zur Ferienzeit, fragen Kolleginnen, wohin Sie in Urlaub fahren – Sie sagen, in einen Club. Zum Geburtstag schenken Ihnen Ihre Freunde kein Candle-Light-Dinner, sondern eine Mikrowelle. Wie praktisch! Ihre Mutter zeigt Bilder von den Enkelkindern ihrer Freundin. Süß. Was wissen diese Menschen von Ihnen? Was erwarten sie?

Sie gelten als einkommensstark, als »Gutverdienende«. Konkret zeigten Umfragen zum Thema persönliches Nettoeinkommen: Nicht-Single-Männer verdienen mehr als Single-Männer. Single-Männer verdienen mehr als Single-Frauen. Single-Frauen verdienen wesentlich mehr als Nicht-Single-Frauen.

Singles verbringen viel Zeit zu Hause. Also: Sie wohnen gern. Meistens zur Miete und am liebsten in einer großen Wohnung: drei Zimmer, Lage Innenstadtrandzone. Diese Wohnung ist für alle Singles »Sanatorium und Tankstelle«, persönlicher Rückzugsraum, Ort der Selbstverwirklichung. Die Küche ist zentraler Ort, geräumig und mit einem großen Tisch, dorthin laden Sie Freunde und Bekannte ein, da kochen und essen Sie gemeinsam. Kontakte knüpfen Sie über ihre »Nabelschnur zur Welt« – Telefon, Fax und Anrufbeantworter zählen zur Grundausstattung einer Single-Wohnung. Ihr Vater war mit einiger Sicherheit ein mittlerer Angestellter oder Beamter oder in gehobenem Dienstleistungsberuf tätig, Ihre Mutter hat bestimmt eine auffällig höhere Bildung als die Mutter Ihrer Freundin, gleichaltrig und Nicht-Single, und war berufstätig.

Singles sind auf dem Konsumtrip: einmal die Woche ins Kino, regelmäßig in die Kneipe, essen gehen als wöchentliches Freizeitvergnügen. Singles sind narzisstisch: Sie haben Angst, alt zu werden, sind abhängig von der Bewunderung anderer, betrachten Leben und Welt als Bühne und sich selbst als den Mittelpunkt. Und der

Sonntag ist für alle der langweiligste Tag in der Woche. Sonntags kommt die Einsamkeit. Der Sonntag ist grausam. Der Single traurig und depressiv.

Alles nur Klischees? Oder Wirklichkeit? Zugegeben: Single ist nicht gleich Single. Sie leben entweder freiwillig allein oder erzwungen, entweder zeitweilig oder dauernd, es gibt die Ambivalenten, die Hoffenden, die Überzeugten und die Resignierenden. Den Single gibt es nicht. Nur wenige planen ihren Lebensentwurf für immer. Das Ende ist offen.

Individualisierung: nicht ohne Kontakte möglich

Im SPIEGEL (43/1996) lesen wir: Die Lust an der Individualisierung steige stetig, das Phänomen sei kaum umkehrbar: Jahr um Jahr werde weniger geheiratet und mehr geschieden. Die Single-Gesellschaft breite sich aus. Die Singles wohnten bevorzugt in den poppigsten Quartieren der Großstädte und stellten dort bereits ein Viertel der Bevölkerung. Den Haushalt wollten sie mit niemandem teilen, die Liebe schon. Die Stimmung entspräche dem Lebensgefühl der postindustriellen Gesellschaft: »Jeder ist der Architekt seiner Biographie, jeder macht seinen ganz persönlichen Entwurf.«

Das sind Schlagworte: Individualisierung. Postindustrielle Gesellschaft. Architekten der Biographie. Tatsächlich leben wir kaum noch nach traditionell vorgegebenen Mustern. Stabile Familienverhältnisse sind uns zunehmend fremd. Wir haben gelernt, dass wir unter Umständen ohne Beziehungen auskommen müssen, die als lebenslang angesehen werden können. Wir haben gelernt, unser Leben selbst in die Hand zu nehmen.

Faszinierend: Das hohe Maß an Individualität, die Chance sich selbst verwirklichen zu können, ohne kontrolliert zu werden, ohne traditionelle Verhaltensregeln zu verletzen. Oder erschreckend: Wir verlieren Sicherheit. Wir sind allein verantwortlich für unsere Beziehungen zu Menschen. Wir allein müssen Zeit, Energie, Geld investieren, um andere zu treffen. Unser Risiko ist hoch: Vielleicht werden wir scheitern und vielleicht werden unsere Beziehungen uns eher belasten als bereichern. Vielleicht sind sie unzuverlässig, mangelhaft, austauschbar, beliebig. Am Ende dieses Prozesses fürchten wir die Modellfigur der Moderne: der oder die Alleinstehende.

Individualisierung ist in. Mit diesem Begriff gehen wir genauso inflationär um, wie mit dem des Singles. Wir sehen Vereinzelung von Menschen – und sprechen von Individualisierung. Wir sehen Vereinsamung – und sprechen von den Folgen der Individualisierung. Individualisiert sein, das heißt für uns allein sein. Oder andersherum. Damit sind wir auf dem Holzweg.

Individualisierung bedeutet nicht mehr und nicht weniger als eine bestimmte Form der Lebensführung. Jeder kann sein Leben individualisieren. Familienväter. Frauen. Paare. Studenten. Und Singles. Völlig unterschiedliche Lebenslagen, Lebensstile und Lebensläufe schaffen wieder neue Gemeinsamkeiten untereinander. Weder sind Einsamkeit und Zerfall der Gesellschaft Voraussetzung noch Folge von Individualisierung. Im Gegenteil: Individualisierung ist ohne stabile Kontakte nicht möglich.

Egal wie individualisiert und autonom wir sind und wie wenig darauf angewiesen, von anderen versorgt, beraten und unterstützt zu werden – wir wollen und wir können nicht in einem sozialen Vakuum existieren. Wir kommen dann besonders gut mit unserer Lebensform zurecht, wenn wir in ein dichtes Netz zwischenmenschlicher Kommunikation integriert sind. Allein zu wissen, dass andere existieren, zu denen wir Kontakt aufnehmen könnten, reicht uns meistens schon. Was wir brauchen sind unterschiedliche Bezugspersonen. Jemanden, mit dem wir berufliche Probleme besprechen. Jemand, bei dem wir uns alles von der Seele quatschen. Jemand, mit dem wir losziehen, neue Leute treffen, Spaß haben. Den Briefträger kennen wir nur vom Sehen, den Zeitungsverkäufer am Kiosk und den Abteilungsleiter grüßen wir, die Nachbarin gießt unsere Blumen, die Freundin kommt zum Abendessen und der Lover bleibt über Nacht.

20 bis 50 Personen kennen wir für gewöhnlich, mit diesen Menschen haben wir stets unmittelbar und persönlich zu tun. Aber wir sind gezwungen, Strategien zu entwickeln und intensiv an unseren Beziehungen zu arbeiten. Und neue Kontakte zu suchen. Bekanntschaften zu pflegen. Freundschaften aufzubauen. Freunde sind unsere Überlebensgarantie.

Kapitel 2
Tabuthema Einsamkeit.
Allein und glücklich –
ein Widerspruch?

»Nur wer allein lebt, der hat' s gut,
ist keiner da, der ihm was tut.«

Wilhelm Busch

Niemand weiß es. Nicht einmal guten, alten Freunden erzählen wir, wie schlecht es uns geht. Auch unsere Eltern weihen wir nicht ein. Unsere Einsamkeit geht keinen was an.

Alte sind einsam. Kranke auch. Aber wir? Jung, gut-aussehend, erfolgreich im Beruf – und einsam. Das passt doch nicht zusammen. Das kann nicht sein. Stattdessen heißt es doch überall: superfit, superglücklich, superklasse. Flexibel und mobil, zwischen Kind und Karriere bestens plaziert. Du musst auf eigenen Füßen stehen. Tolle Leute kennen. Und wahnsinnig glücklich verliebt sein.

Und wenn nicht? Was, wenn wir mit den Statussymbolen toller Job, nette Beziehung, super Freunde nicht dienen können? Was machen wir falsch? Sind wir für andere nicht gut genug? Sind wir zu langweilig? Zu dick? Dumm? Wir schämen uns dafür, allein zu sein. Für uns ist kein Platz in dieser Gesellschaft. Einsamkeit ist ein Tabu. Allein irgendwo aufzutauchen heißt, sozial nicht kompetent zu sein. Wir haben Angst, denn wir haben persönlich versagt. Ich bin für keinen mehr wichtig. Ob es mich gibt oder nicht, ist egal.

Allein sein ist nicht gleich einsam

Einsam sein heißt, allein zu sein und es gar nicht zu wollen. Wenn niemand Zeit für uns hat oder in unserer Nähe ist. Einsamkeit ist ein Zustand, der irgendwo anfängt und nirgendwo ein Ende hat. Als ob wir keine Empfindungen hätten. Lebensüberdruss. Sprachlosigkeit. Ein Lächeln ist ein Kraftakt. Einsamkeit sitzt irgendwo in der Brust, dort, wo das Herz ist. Einsamkeit ist ein Korsett, das nicht stützt, sondern uns den Atem nimmt.

Aber: allein sein heißt nicht, einsam sein.

Alleinsein mit Einsamkeit gleichzusetzen hieße, uns völlig abhängig zu machen von anderen Menschen, von deren Aufmerksamkeit und Bestätigung.

Was wir uns klarmachen müssen: Wir sind liebenswert, auch wenn nicht ununterbrochen das Telefon klingelt. Wenn wir einfach in Ruhe gelassen werden und die Zeit, die wir ganz für uns haben, etwas Wertvolles ist. Was für eine Erfahrung, wenn wir sagen können: Ich bin jetzt allein. Das ist mir zwar unangenehm – aber nur deswegen werde ich mich nicht mit anderen verabreden. Niemals.

Indem wir unsere Zurückgezogenheit positiv bewerten, entdecken wir unseren persönlichen Freiraum neu und lernen – zugegeben: gezwungenermaßen – ihn neu zu gestalten. Das Alleinsein bedeutet dann für uns, dass wir uns von festgefahrenen und einschränkenden Strukturen ablösen. Seelisch zur Ruhe kommen. Aktiv geistige und emotionale Kräfte entwickeln und einsetzen. Befreiung total.

➤ Stichwort: Soziale Phobie.

Soziale Phobie ist aus psychologischer Sicht die zweithäufigste Angsterkrankung nach der Agoraphobie – der zwanghaften, von Schwindel- oder Schwächegefühl begleiteten Angst, allein über Plätze oder Straßen zu gehen. An sozialer Phobie erkrankte Menschen fürchten sich davor, von anderen – zumeist kleineren Gruppen – prüfend betrachtet zu werden. Folge: Sie meiden soziale Situationen so gut es geht.

Im Gegensatz zu den meisten anderen Phobien kommen soziale Phobien bei Männern und Frauen gleich häufig vor. Unter Umständen bleibt diese Form der Angst auf Essen oder Sprechen in der Öffentlichkeit oder auf Treffen mit dem anderen Geschlecht beschränkt; manchmal jedoch tritt soziale Phobie in allen sozialen Situationen außerhalb des Familienkreises auf und geht mit einem immensen Schamgefühl einher. Auch Angst, in der Öffentlichkeit zu erbrechen, kommt vor.

Soziale Phobien sind in der Regel mit einem niedrigen Selbstwertgefühl und Furcht vor Kritik verbunden. Erröten, das Vermeiden von Blickkontakt, Händezittern, Übelkeit und der Drang zum Wasserlassen sind die Folgen. Diese Symptome können sich bis hin zu Panikattacken wie Herzrasen, Schwindelgefühl, Atemnot steigern; Menschen, die an sozialer Phobie erkrankt sind, sehen in diesen Symptomen oft ihre eigentliche Erkrankung. Das Angsterlebnis ist eine derart traumatisierende Erfahrung, dass sie diese sozialen Situationen zu umgehen versuchen – bis hin zur völligen Isolation. Das Durchschnittsalter der therapiesuchenden Patienten liegt bei 30 Jahren.

Mögliche Ursachen der Sozialangst: Störung der Entwicklung des Selbstvertrauens oder fehlende Konfliktbewältigungsstrategien in sozialen Auseinandersetzungen mit Eltern oder anderen Bezugspersonen in der Kindheit. Mangelnde Autonomieentwicklung oder die Bestrafung von Ablösungsprozessen in der Pubertät.

Bei existentiellen Ängsten wenden sich hilfesuchende Menschen zunächst an einen Facharzt für Psychotherapie. Der stellt eine Diagnose und hilft ihnen, einen Therapeuten zu finden. Es ist allerdings schwierig, bei Experten, die der Kassenärztlichen Vereinigung angehören, einen Platz zu finden. Oft müssen Wartezeiten in Kauf genommen werden. Wenn man bei den Therapeuten der Kassenärztlichen Vereinigung keinen Therapieplatz findet, übernehmen die Kassen auch die Kosten einer Behandlung bei Diplompsychologen, die dem Bund Deutscher Psychologen angehören. Das sind derzeit 50 Prozent aller Fälle.

Im Rahmen einer Verhaltenstherapie geht es darum, den Teufelskreis des Vermeidungsverhaltens zu durchbrechen. Ausgangssituation: Die Selbstwahrnehmung der Patienten ist sehr negativ. Sie interpretieren in das Verhalten anderer nur Abwertungen ihrer eigenen Person. Und ziehen sich daraufhin zurück. Bei jedem neuen Kontaktversuch werden wieder nur die vermeintlichen Beweise der Ablehnung wahrgenommen, bis schließlich andere Menschen völlig gemieden werden. Ziel einer Behandlung ist es, Schwächen und Ängste zu akzeptieren und zu bewältigen. Beispielsweise werden den Patienten anhand von Rollenspielen oder Entspannungsmethoden Beziehungsfähigkeit und soziale Kompetenzen vermittelt.

Wer hilft bei Sozialangst:
Der Psychotherapeutischen Informationsdienst (PID)
hilft telefonisch bei der Suche nach dem richtigen
Psychotherapeuten, vermittelt Adressen bundesweit und gibt Auskunft darüber, wann eine Kran-
kenkasse die Kosten für eine psychotherapeutische
Behandlung trägt (Adresse siehe Anhang).

Frauen und Männern, die Probleme haben, mit
anderen ins Gespräch zu kommen, raten Psychologen zunächst zu einem Kurs bei der Volkshochschule. Dieser erste Schritt unter Menschen ist für
viele auch der schwerste. Mitarbeiter der Ehe- und
Familienberatungsstellen in allen größeren Städten
helfen auch, für das individuelle Problem den richtigen Ansprechpartner zu finden. Psychologen bieten dort bei schwereren Fällen schnell und unbü-
rokratisch Kurzzeitberatungen an – bis zu 25
Sitzungen kosten in der Regel ein Prozent des Net-
togehaltes oder gar nichts für sozial Schwache.

➤ **Stichwort Selbsthilfegruppe.**

Selbsthilfegruppen bieten ihren Teilnehmern eine geeig-
nete Umgebung, um Selbstbewusstsein und Selbstwertgefühl auszubauen und die Fähigkeit zur »Intimität« zu
entdecken. Möchten Sie selbst eine solche Gruppe gründen, brauchen Sie Gleichgesinnte, die Sie beispielsweise
über Bekannte oder Anzeigen finden. Werden Sie sich
gemeinsam über Zweck, Ziel und Zusammensetzung der

Gruppe klar. Nur Frauen? Oder gemischt? Sinnvoll: nicht mehr als zwölf Mitglieder. Bei wöchentlichen Treffen arbeitet die Gruppe am effektivsten, bei den Teilnehmern entsteht ein Gefühl von Kontinuität und Zusammengehörigkeit. Keinen ganzen Abend einplanen. Zwei Stunden reichen für ein Treffen und passen in jeden Terminkalender. Konversationsregeln beachten: keinen Klatsch, keine groben Verallgemeinerungen, keine Lügen. Keine herablassende Kritik an Gruppenmitgliedern. Ob sechs Wochen oder drei Jahre: Selbstbewusstsein aufzubauen ist ein Prozess, der niemals aufhört. Eine Selbsthilfegruppe kann dabei helfen. Allerdings: Gruppen können den Effekt der Einsamkeit verstärken, da sie eine Ersatzfamilie schaffen. Mache fühlen sich in ihren Leiden unter Gleichgesinnten immer wieder neu bestätigt.

> Info:

Nacht-Talk gegen die Einsamkeit
Seit April 1995 läuft beim Westdeutschen Rundfunk in Köln eine Telefon-Talkshow, ein Talk-Radio: DOMIAN. Wochentags jede Nacht zwischen eins und zwei können Sie sich live mit dem Moderator Jürgen Domian unterhalten. An zwei Tagen in der Woche sind die Themen vorgeben: Einsamkeit zum Beispiel. Anrufen können alle, was immer sie auf dem Herzen haben. Jürgen Domian ist weder Psychotherapeut noch Seelsorger, er verläßt sich »ganz auf den gesunden Menschenverstand«. Domian geht es in der Sendung nicht um Showeffekte. Keine Anruferin muss auf Sendung; sie kann

– offline und so sie durchkommt – auch mit einem Diplompsychologen sprechen, der Adressen vermittelt und Kontakte zu anderen Anrufern herstellt. Die Sendung wird gleichzeitig bei Radio Eins Live und im WDR-Fernsehen ausgestrahlt. Der Anruf kostet nichts. Telefon zwischen 24 Uhr und 2 Uhr: 0130-29 11.

Buchtipps:
- Jörg Müller: »Adressbuch Selbsthilfegruppe«. Mit über 1200 Adressen, Telefonnummern und Ansprechpartnern. Heyne-Ratgeber, 14,80 Mark.
- Winfried Küsters: »Vom Ich zum Wir«. Selbsthilfegruppen finden, gründen, führen. Trias, 19,80 Mark.

Der Kontakt zum Selbst.
Warum Alleinsein wichtig ist

Kaum ist der erste große Trennungsschmerz überstanden, lässt Sophie sich die Haare schneiden. Ganz kurz. Wollte sie schon immer mal ausprobieren, aber Stefan hat der Zopf besser gefallen. Ab damit.

Die Küche streicht sie in sattem Orange, dass die Wände in der Morgensonne so richtig leuchten. Löcher bohren, Jalousien reinschrauben, Regalbretter nageln. Tut gut zu sagen: Hab' ich ganz allein geschafft. Die Flasche Sekt beinahe auch – zur Feier des Tages.

Das Alleinsein genießen ohne einsam zu sein. Denn die Lust am Solo hat einen entscheidenden Vorteil: Ich kann selbst dafür sorgen, dass es mir gut geht. Da ist keiner, der mir die Verantwortung abnimmt. Ich muss zu mir stehen – so wie ich bin.

Wir reisen nach innen. Unsere ersten Schritte sind zögerlich und unsicher, weil wir uns fühlen wie ein Kind. Zum ersten Mal auf beiden Beinen stehen! Aber: Wir kommen voran. Und wir machen keine Kompromisse. Denn wir haben Ziele vor Augen, die wir erreichen wollen. Wunschträume. Von früher, aus der Kindheit. Oder ganz aktuelle. Alles, was uns in den Sinn kommt, ist erstrebenswert. Egal, wie teuer, wie unvernünftig – wir lassen unserer Phantasie freien Lauf.

Wie praktisch: Wir müssen unsere Wünsche nicht rechtfertigen. Vor niemandem. Und wir nehmen uns die Zeit, die wir brauchen. Wie sind ungestört. Indem wir unsere heimlichen Wünsche verwirklichen, kommen wir unseren großen Zielen Stück für Stück näher. Uns selbst auch. Und wer sich selbst nahe ist, kostet diese Stunden für sich voll aus.

Alleinsein bedeutet nicht, einsam zu sein.

Alleinsein bedeutet, mit sich selbst zusammen zu sein.

➤ Test:

Nehmen Sie sich einen Stift, ein Blatt Papier und drei Minuten Zeit. Schreiben Sie alles auf, was Ihnen zum Thema Alleinsein einfällt. Stichworte. Sätze. Namen. Alles.

Egal, was immer Sie notiert haben: Zunächst ging es darum, dass Sie sich Ihr Gefühl des Alleinseins oder der Einsamkeit bewusst machten, es »objektivierten«. Und was immer Sie subjektiv mit den einzelnen Punkten Ihrer Liste verbunden haben, Sie werden merken, dass Alleinsein auch positive Seiten hat. Diese Erkenntnis sollten Sie sich zunutze machen und bestimmten Gewohnheiten einen festen Platz in Ihrem Leben einräumen. Zum Beispiel zehn Minuten täglich ganz allein sein – ohne Radio, ohne Fernsehen. Anfangs eine unendlich lange Zeit, die aber bald wie im Fluge vergeht. Und auch wenn Sie möglichst schnell möglichst viele Leute kennenlernen wollen: montags abends gucken Sie auch weiterhin die geliebten Tatort-Wiederholungen. Oder Sie verabreden sich zum Beispiel mittwochs nicht, weil Ihr Kino dann immer eine Fellini-Retrospektive zeigt. Basta.

Die Solophase als Chance

Nähe zum Selbst genießen.
Neue Herausforderungen suchen.

Anna ist dieses Wochenende allein zu Hause. Kein Flug nach Hamburg. Keine Freunde zum Klönen. Anna hat beschlossen, das mal ganz gut zu finden. Sie richtet sich ein. Endlich Zeit. Samstag früh: einkaufen. Kleinigkeiten für die Wohnung. Essen in der Stadt. Nachmittags schwimmen gehen. Sonntags: wohlfühlen. Beauty-Time: Haarkur, Vitaminmaske. Nebenbei die Sprachkassette einlegen: Spanisch für Anfänger. Für den Trip im Herbst nach Barcelona. Ab und zu steht sie vor dem Spiegel und blickt sich tief in die Augen. Ich bin ich, sagt ihre innere Stimme. Ich bin echt in Ordnung, sagt Anna laut zu Anna im Spiegel. Ich bin nicht langweilig oder schwierig, nur weil ich dieses Wochenende allein verbringe. Ich bin interessant! Und abends läuft im Dritten eine Reportage über andalusische Bauern und die Olivenernte. Na bitte.

Malen, Steppen, fleischfressende Pflanzen züchten. Hier und jetzt können wir uns mit dem beschäftigen, was uns schon immer interessiert hat. Wir können uns Ziele stecken. Und den Weg dahin in erreichbare Etappen aufteilen: fürs Wochenende Infomaterial besorgen. Wo gibt es Kurse? Wer ist Ansprechpartner? Montags dann am Telefon Unklarheiten beseitigen. Kosten? Dauer? Und einen Termin festlegen: Wann fällt die Entscheidung für mein neues Projekt? Nächstes Wochenende zum Beispiel. Schritt für Schritt betreten wir so Neuland. Wichtig ist nur: heute anfangen, nicht morgen. Und am Ball bleiben.

Keine Lust auf den Sonntagnachmittag zu Hause? Lieber allein ins Café? Am besten geradewegs auf die Bar zusteuern und fragen, wo Magazine und Tageszeitungen ausliegen. Es gibt keine? Ab ins nächste Café. Erstens macht es Spaß, ab und zu in diesen Hochglanzprodukten zu blättern, die man sich sowieso nie leistet. Zweitens ist der Blick in verschiedene Tageszeitungen informativ. Drittens vergeht die Zeit dabei wie im Fluge. Und viertens fühlt man sich beim Lesen hinter dem Magazin nicht ganz so beobachtet und registriert trotzdem wunderbar, was sich an den Nachbartischen so abspielt. Von Zeit zu Zeit etwas bestellen; einen ganzen Nachmittag lang vor der leeren Espressotasse sitzen heißt, unangenehm aufzufallen.

Oder die Kunstausstellung. Macht allein doch viel mehr Spaß, weil man dann nur die Werke ausgiebig betrachten kann, die einem am besten gefallen. Schön, wenn man schon im voraus Informationen zum Künstler und der Stilrichtung gesammelt hat – Kulturämter, Kunstführer oder Presseberichte zur Ausstellung sind gute Quellen. Wissen macht sicher.

In welcher Situation im Alltag auch immer – der entscheidende Punkt ist: Wer mit sich klarkommt, ist zu neuen Beziehungen mit anderen Menschen fähig. Wer mit wachen Sinnen gespürt hat, wer er wirklich ist, wird sensibel für seine eigenen Stärken und liebenswerten Eigenschaften. Und wenn wir mit uns selbst zufrieden sind, fällt es uns leichter, Beziehungen zu anderen aufzubauen. Denn was uns ebenso wichtig ist wie die Nähe zu uns selbst, ist die Nähe zu anderen. Das Gefühl dazuzugehören. Immer mal wieder neue Perspektiven zu gewinnen, andere Einstellungen zu hören und die eigene Meinung neu abzuwägen. Geistig beweglich zu bleiben. Herausforderungen zu meistern.

➤ Info:

Erfolgreich im Beruf – und privat?
Manche Karrierefrau klagt über mangelnde Kontakte außerhalb der Berufswelt und über Einsamkeit. Reiner Zeitmangel?

Die Erfahrung einer Psychologin: Eine im Beruf erfolgreiche Frau leistet viel und erntet unter Kollegen und in der Öffentlichkeit Applaus für ihre Arbeit. Sie fühlt sich in ihrer Rolle sicher, oft nicht nur nach außen hin; sie ist von sich überzeugt. Mit dem Wochenende kommt aber die Angst vor Privatheit. Da sind dann im Umgang mit Freunden Werte gefragt, von denen sie glaubt, dass diese außerhalb ihrer Fähigkeiten liegen: Emotionalität. Geduld. Wärme im Umgang mit anderen. Eine Frau, die an sich selbst permanent einen hohen

Anspruch stellt – im Beruf wie privat – hat Angst, in diesen nicht-geschäftlichen Beziehungen keine Gefühle zeigen zu können und zu versagen. Was dazu führt, dass sie freundschaftliche Kontakte letztlich ganz vermeidet. Sie scheitert nicht an der existentiellen Angst vor Kontakten. Ihre Einsamkeit ist eher die Folge einer narzisstischen Selbstauffassung. Erfolgreiche Frauen wollen perfekt sein. Immer. Gestehen sich keine Schwächen zu. Das Problem ihrer Einsamkeit sind zu hohe Ideale und die Angst, ihnen nicht gerecht werden zu können.

Selbstbewusstsein. Selbstachtung. Selbstakzeptanz

Keine Frage: Gemeinsam mit anderen managen wir unseren Alltag mit Bravour. Wir teilen Aufgaben und Verantwortung, tauschen Erlebnisse und Erfahrungen, wir agieren und reagieren, lassen uns leiten und anregen. Nur: Sind wir ganz allein auf uns gestellt, werden unsere Schwachstellen schonungslos offengelegt – von uns selbst und anderen. Wenn wir uns trotzdem – oder gerade wegen unserer kleiner Fehler – noch wohlfühlen wollen, hilft nur eines: Wir müssen an einem soliden Selbstwertgefühl, an unserer Selbstachtung arbeiten. Wir müssen uns unserer selbst bewusst werden.

Marion beobachtet immer wieder diese Menschen. Eine Frau betritt einen Raum, und es wird still. Die anderen drehen sich nach ihr um, ihre Gespräche verstummen, kein Löffel klappert mehr. Marion fällt der Unterkiefer runter. Die Frau setzt sich. Sie ist da. Sie ist präsent. Sie ist kein Model, kein Filmsternchen. Sie ist nur – Frau. Marion ist sich sicher, dass der Kaffee dieser Frau nach mehr duftet, aromatischer schmeckt als ihr eigener, dass diese Finger das dicke, glatte Porzellan der Tasse intensiver spüren als ihre eigenen.

Äußerlich ein Durchschnittstyp, keine besondere Kleidung, kein Make-up, aber eine umwerfende Ausstrahlung. Ohne Worte. Denn es sind die Blicke, die Gesten, die Haltung. Durch sie wirken Menschen anziehend, sympathisch, faszinierend und ehrlich. Oder abweisend, herablassend, desinteressiert.

Wichtiger als momentane Gefühlsregungen wie Freude oder Ärger ist für unsere Wirkung nach außen unsere Grundeinstellung zu Körper und Seele: Wer mit sich im Reinen ist, hat eine positive Ausstrahlung und nimmt andere für sich ein. Eigenliebe und Selbstbewusstsein sind dafür Grundvoraussetzungen.

Ausstrahlung aber muss entdeckt, entwickelt und gefördert werden. Dieser Prozess dauert Jahre: Unser Bewusstsein und Verhalten ändern sich langsam und aufgrund kleiner, scheinbar unbedeutender Ereignisse. Oft sind es negative persönliche Erfahrungen, Krisen. Immer wenn wir uns mit Schmerz, Verlust oder Ängsten auseinandersetzen, lernen wir uns selbst besser kennen, durchschauen wir unsere positiven wie negativen Seiten und können uns und andere besser verstehen und akzeptieren.

Klingt wie die Aufforderung zum Egotrip:

Ich bin der wichtigste Mensch in meinem Leben.

Aber hier geht es um Eigenliebe. Eigenliebe heißt, alles an sich zu akzeptieren. Stärken und Schwächen. Was wir als persönliche Schwachpunkte erkennen, können wir modifizieren. Solange, bis wir souverän damit umzugehen verstehen. Und souverän zu sein heißt, eine distanzierte Haltung zu sich selbst, zu seinem Tun einnehmen zu können.

Diese Distanz ist notwendig, wenn wir uns selbst vollkommen akzeptieren wollen. Sobald wir es schaffen, uns von außen zu betrachten, uns praktisch zu beobachten, sind wir frei von Wertungen über unser Selbst: Ich bin, wie ich bin. Alles ist, wie es ist.

Erst wenn wir uns mit diesem Respekt behandeln, sind wir offen, an uns zu arbeiten, gewisse Dinge zu verändern. Der Kern unseres Selbst bleibt erhalten. Was immer passiert, welche Rückschläge und Enttäuschungen wir durch andere erfahren, wir haben dann immer noch das Wichtigste – uns selbst. Und darum rankt sich letztlich alles: unsere Persönlichkeit. Freunde. Eltern. Partner. Kollegen. Die ganze Welt.

»Liebe zu meinem Selbst ist untrennbar mit der Liebe zu allen anderen Wesen verbunden«, schreibt Erich Fromm.

> Stichwort: Lachen.

Klingt wie ein Werbeslogan: Lach' mal wieder. Aber wenn's uns doch so schwer fällt? Nun, ein einziger Muskel reicht. Der Zygomaticus major. Wir bewegen ihn und – grins – heben beide Mundwinkel. Ganz automatisch. Grins. Ohne schlappzumachen. Immer weiter. Grins. Ganz einfach. Grinsen ist nicht gleich grinsen. 15 verschiedene Lächeln haben wir zur Auswahl. Sind wir fröhlich, stolz, zufrieden und glücklich, ziehen wir die Wangen nach oben und legen die Augenpartie in Falten. Andere finden uns dann besonders attraktiv, wenn wir unsere obere Zahnreihe zu zwei Dritteln zeigen, von den unteren Zähnen bloß die Spitzen enthüllen. Nicht mehr! Und nicht weniger! Ganz schön tricky: Unser Lachmuskel wirkt jener Muskelbewegung in unserem Gesicht entgegen, die negative Gefühle ausdrückt. Wir maskieren uns und verbergen unsere eigentliche Stimmung. Sportler, die lächeln, obwohl sie soeben verloren haben, gefallen uns. Sie sind tapfer. Wenn wir lachen, entspannen wir und mindern Stress. Das tut gut. Blutdruck und Herzrate sinken, und deshalb stärkt Lachen unser Immunsystem und bewahrt uns vor Krankheiten. Lachen ist gesund. Zum Wohlsein! Der britische Psychologe Geoff Lowe hat herausgefunden, dass wir nach einem Gläschen Alkohol schneller und lieber lachen. Nein, zum Trinken wolle er uns nicht verleiten. Zum Lachen schon. Weil wir dann nicht nur gesünder sind. Sondern andere uns auch gleich als viel freundlicher und attraktiver wahrnehmen. Und uns Vertrauen schenken. Das zeigt Wirkung. Kein anderer menschlicher Gefühlsausbruch wird aus 40 Metern Entfernung wahrgenommen. Ein Lächeln schon.

Kapitel 3
Kontakte finden – aber wo?
Die Anknüpfungspunkte

»Mich dünkt, es ist nicht die Umarmung, sondern die Begegnung die eigentlich entscheidende erotische Pantomime.«

Hugo von Hofmannsthal

Bei Karstadt in der Feinkostabteilung. In der Hamburger Vogelschutzwarte. Im Taxi. In der Uni-Zahnklinik. Im Treppenhaus. Im Hotel Annik auf Borkum. In der Mensa. In Paris. An der Alster. Auf dem Mariahilf-Platz in München. Bei der Love Parade. Und im Bayerischen Wald. Die gute Nachricht: Es ist völlig egal, wo. Sie können überall Menschen treffen. Neue Leute kennenlernen. Kontakte knüpfen. Die schlechte Nachricht: Sie müssen selbst etwas dafür tun. Um Menschen zu treffen. Neue Leute kennenzulernen. Und Kontakte zu knüpfen.

Und das ist manchmal anstrengend. Aber auch aufregend! Ihr ganz persönliches Abenteuer. Machen Sie sich einen Plan. Wo wollten Sie schon immer mal hin? Zu den Festspielen nach Bayreuth? In das neue Bistro um die Ecke? Zu Tante Lucie nach Bern? Hinfahren! Und was wollten Sie schon immer gern machen? Unter Wasser Schach spielen? Gokart fahren? Den Rundflug über Hamburg? Dann mal los! Gehen Sie neue Wege. Wagen Sie sich in unbekannte Gebiete vor – im doppelten Sinn. Gehen Sie in ein Restaurant und bestellen Sie etwas, das Sie noch nie gegessen haben. Und von dem Sie nicht die leiseste Ahnung haben, was es sein könnte. Gehen Sie kegeln oder ins Völkerkundemuseum – je nachdem. Hauptsache untypisch. Gehen Sie aus sich heraus.

> Info

Kontakte schützen vor Krankheit

Zwischen Erkältungskrankheiten und Einzelgängern gibt es einen Zusammenhang. Amerikanische Mediziner beobachteten, dass Menschen mit vielfältigen sozialen Kontakten nicht so leicht erkranken wie solche, die kaum Beziehungen zu ihren Mitmenschen pflegen. Im Rahmen einer Studie der Universität Pittsburgh befragten sie 276 gesunde Frauen und Männer zwischen 18 und 55 Jahren nach Ausmaß und Art ihrer sozialen Kontakte; dazu zählten alle Personen, mit denen mindestens einmal in zwei Wochen gesprochen wurde – egal, ob direkt oder telefonisch. Die Forscher infizierten die Teilnehmer der Studie mit Erkältungsviren. In den folgenden fünf Tagen zeigten sich bei Personen, die sechs oder mehr unterschiedliche Arten von sozialen Kontakten pflegten, rund viermal seltener Anzeichen einer Erkältung als bei den Menschen, die weniger als vier Arten von Beziehungen unterhielten. Die Häufigkeit sozialer Kontakte ist nicht maßgeblich für die Erkältungsgefahr gewesen. Entscheidend war dagegen die Vielzahl der Beziehungen: Das Immunsystem dieser Menschen, so die Wissenschaftler, ist aufgrund häufigerer Kontakte mit Krankheitserregern besser auf den Angriff von Viren vorbereitet. Frühere Untersuchungen haben bereits gezeigt, dass Menschen, die vielfältige Beziehungsgeflechte haben, länger leben als Einzelgänger. Die Vermutung der Forscher: Diese Menschen würden sich selbst weniger vernachlässigen, da ihre gesellschaftliche Aktivität Verantwortungs- und Selbstbewusstsein steigere.

Warten Sie nicht auf große Events oder den nächsten Urlaub oder auf das kommende Jahr. Jeden Tag bieten sich jede Menge Gelegenheiten, mit fremden Menschen ins Gespräch zu kommen. Überlegen Sie, wo: Nehmen Sie sich einen Abend Zeit, einen Stift und ein Gläschen Ihres Lieblingsweins und seien Sie phantasievoll. Planen Sie höchstens zwei, drei größere Aktivitäten im Monat längerfristig. Alles andere ist blinder Aktionismus. Manchmal sind es die kleinsten Dinge, die ein Leben verändern. Hier ein paar Anreize, Anregungen, Angebote, die animieren!

Klassische Orte

Zu Hause. Fernseher aus! Familiendramen, Liebesgeschichten und kleine Wunder können Sie auch live erleben. Laden Sie sich Leute ein. Die Nachbarin, den Zeitungsboten, wen immer. Machen Sie ein kleines Fest. Und dann noch eines. Spannend!

Am Arbeitsplatz. Hohe Trefferquote! Bei Konferenzen, Zusammenkünften, der Weihnachtsfeier, einer Verabschiedung. Gründen Sie eine Volleyballmannschaft, rufen Sie eine Spendenaktion ins Leben. Intensivieren Sie Kontakte bei Seminaren, Workshops oder Fortbildungen außer Haus. Bei sympathischen Kollegen oder Dauerkunden haben Sie nicht den Druck: jetzt oder nie. Und: Wer richtig und gezielt flirtet, steigert seine Arbeitsmotivation und Leistung – und die seiner Kollegen, scheibt Brigitte Bösenkopf in ihrem Buch »Lust am Flirten«.

Am Telefon. Nette Stimme am anderen Ende? Sagen Sie das. Gutes Gespräch? Sagen Sie das auch. Und laden Sie diesen Menschen doch einfach ein: auf ein Glas Prosecco. Zu einem Diavortrag über Lappland. Sie hören nur: Keine Zeit? »Schade, war trotzdem nett, mit Ihnen gesprochen zu haben.«

Auf der Straße. Gehen Sie doch einfach mal zu Fuß von der Arbeit nach Hause. Auch wenn Sie am anderen Ende der Stadt wohnen! Schlendern Sie. Bleiben Sie an Schaufenstern stehen. Suchen Sie sich Ihre Lieblingsstücke. Und fragen Sie Passanten: »Sind diese Ohrringe nicht hübsch?«

In der Straßenbahn. Oder überhaupt in öffentlichen Verkehrsmitteln. Schon an der Haltestelle sind Sie mit anderen Fahrgästen einer Meinung: »Jetzt kommt der Bus schon wieder zu spät.« Gewöhnen Sie sich an den Gedanken, dass alle mithören, wenn Sie Ihren Sitznachbarn später ansprechen. Steigen Sie ein mit der heutigen Schlagzeile.

Im Café. Frühstücken Sie eine Woche lang in einem bestimmten Café. Lesen Sie dort Zeitung. Wenn Sie damit durch sind, fragen Sie einen anderen Gast, ob er das Blatt gern haben möchte. Oder sprechen Sie mit dem

Kellner über Italiens jüngste Großmutter, von der sie gerade gelesen haben.

Im Restaurant. Gehen Sie mal nicht in die Kantine. Sondern zum Mittagstisch. Im Restaurant um die Ecke essen die meisten allein. Fragen Sie, ob die Zeit noch für einen gemeinsamen Espresso reicht, »ich lade Sie ein.«

Beim Stehimbiss. Bei Pommes rot-weiß über gesunde Ernährung philosophieren. Praktisch: Im Stehen fällt die Frage leichter: »Ist hier zufällig noch Platz?«

Im Buchladen. Blättern Sie in Fachbüchern. Die neben Ihnen stöbern, kennen sich in diesem Sachgebiet so gut aus wie Sie. Oder so schlecht. Beides regt eine Unterhaltung an. Und besuchen Sie Lesungen und Signierstunden!

Im Fitnessclub. Schwitzen und Schwatzen. Das Verwöhnprogramm für Körper und Seele.

Auf Feten. Der Tummelplatz schlechthin. Gute Stimmung, genügend Zeit, viele neue Gesichter. Veranstalten Sie selbst eine. Oder folgen Sie einer Einladung. Dorffeten oder ein Straßenfest sind prima Gelegenheiten, sich als neue Nachbarin vorzustellen.

In der Tanzschule. Tango und Walzer: traditionelle Formen sozialer Annäherung zwischen den Geschlechtern. Schade nur, dass sich meistens vorwiegend Damen bitten lassen.

Im Club. Oder in der Disco. Nichts für Leute mit Platzangst. Aber das beste Blickkontakt-Training. Versteht ja keiner was!

In der Oper. Oder im Theater. Oder beim Konzert. Am besten erwischen Sie die Leute in der Pause. Fragen Sie, ob Sie einen Blick ins Programmheft werfen dürfen. Oder ob Ihre Sitznachbarin auch ein Instrument spielt. Oder ob Sie etwas von der Bar mitbringen können. Auch auf die Gefahr hin, dass Sie sich tödlich langweilen: Gehen Sie doch mal zu Brahms anstatt zu Dieter Thomas Kuhn. Oder andersrum. Sie werden überrascht sein.

Im Zug. Fahren Sie zu Tante Lucie nach Bern im Großraumwagen. Oder zumindest in einem Abteil, wo schon drei Leute sitzen. Sprechen Sie über die horrenden Kaffeepreise im Zug. Sprechen Sie über Bern. Oder einfach darüber, dass Sie gern mit der Bahn dahin fahren, weil man dann immer so nette Menschen kennenlernt.

Im Flugzeug. Fliegen Sie zu Tante Lucie. Oder sonstwohin. Im Flieger sitzen Sie immer neben jemandem. Danken Sie der Fluggesellschaft. Und sagen Sie dem Nachbarn, dass Sie ab 8 000 Fuß mit den Zähnen knirschen – Flugangst. Nicht? Ihnen fällt schon etwas ein!

Kreative Gelegenheiten

Hochzeiten. Ihre Kollegin heiratet? Ihre Cousine zweiten Grades? Die Tochter der Freundin Ihrer Mutter? Und Sie haben keine Lust, weil Ihr Tischnachbar sicher nur von der Friedmannschen Rangvarianzanalyse redet? Flirten Sie doch mit dem Kellner! Oder finden Sie heraus, von wem Ihr Cousin dritten Grades seine blauen Augen geerbt hat. Irgendeiner ist da garantiert, der sich genauso deplaziert fühlt wie Sie.

Seminare. Reiki, Rhetorik, Rinderwahnsinn. Fordern Sie Programme an. Von Akademien, der Volkshochschule, einem Kongress- und Erholungszentrum in Ihrer Nähe. Lernen Sie Englisch. Lernen Sie etwas Exotisches. Sie glauben ja gar nicht, was man alles lernen kann (Adressen im Anhang).

Studium generale. Oder andere Vortragsreihen an der Uni. Die wöchentliche Wissensbörse. Verzeichnisse übers Studentensekretariat.

Tauschbörsen. Sie trennen sich von ollen Kamellen und kriegen dabei viel Neues mit. Termine über die Tagespresse.

Kinos. Vor allem sonntagmorgens. Zur Sondervorstellung ein Frühstück, zur Matinee ein Glas Sekt. Infos über Stadtmagazine oder direkt beim Kino.

Parteien. Adressen im Telefonbuch. Oder gründen Sie eine Interessengemeinschaft: für alte Menschen. Gegen Ausländerhass. Ihr Engagement zahlt sich in jedem Fall aus.

Banken. Nicht nur zum Geldautomat! Fragen Sie Ihren Kontostand am Schalter ab. 23 657,46 Mark im Minus? Oder 67 354,77 im Plus? Der Satz: »Reicht gerade noch, um Sie zu einer Tasse Kaffee einzuladen« trifft immer zu.

Spieleabende. Halma oder »Risiko« – wer spielt, ist in Gesellschaft. Vermittlung von Kontakten oder Anschrift der Spieleclubs in der Fachzeitschrift Pöppel Revue. Über Friedhelm Merz Verlag, Bonn, 0228/34 22 73.

Supermärkte. Männer, die allein leben, haben entweder nichts im Kühlschrank oder ein ganzes Lager vergammelter Senftuben. Im Supermarkt decken sie sich gern mit einer Fünf-Kilo-Vorratspackung Semmelbrösel ein, wenn sie am Abend zwei Frikadellen braten. Hausmannskost im Einkaufswagen? Kartoffeln und Kraut und den abgelaufenen Joghurt zum Sonderpreis? Laut einer Studie der *Für Sie* ist das dann ein konservativer Gewohnheitsmensch. Asiatische Spezialitäten im Korb? Bevorzugen Genuss- und Experimentierfreudige sowie Eitle. Besorgte Idealisten greifen zu chlorfrei gebleichtem Klopapier und Blumenkohl von Bioland. Stress-Shopper kaufen alles, manche Produkte gleich mehrmals und immer im selben Supermarkt. Frauen, so besagt eine britische Studie, sind für Männer oft die einzige Rettung: Wählt er ein unsinniges Produkt, stellt sie es einfach wieder zurück. Ist doch mal einen Versuch wert!

Cyber-Treffs. Die Erlebniswelt per Telefon. Rund 8000 Stammkunden wählen sich in die »Villa« ein, die Hälfte davon sind Frauen. Ein paar Ziffern eintippen, schon knarrt der Holzboden oder knirscht der Sand der »Insel«. Die kommunikationsfördernde Finesse: Man bleibt anonym. Das muss es einem schon wert sein: 1,20 bis 3,60 Mark pro Minute. Der Cocktail beim realen Treffen später kostet extra. Infos z.B. über die Hotline: 040/65 68 03 10.

Ihre Freundin. Leihen Sie sich deren Baby aus. Sie werden überall und von jedem angesprochen. Garantiert.

15 Gelegenheiten – für alle Fälle. Denn da kommt kaum jemand daran vorbei.

1. Flughafen, Ankunftshalle
2. Hotellobby
3. Vernissage
4. Wartezimmer
5. Waschsalon
6. Taxistand
7. Armani-Shops
8. Boss-Fabrik-Verkauf
9. Tankstelle
10. Demo
11. Aktionärsversammlung
12. Warteschlange vor dem Damenklo
13. Parkplatz
14. Tabakladen
15. Weinprobierstand – guter Abgang!

Buchtipps:

- »Hamburg für Einsteiger« Verlag Christians und Kammerer & Unverzagt, 19,80 Mark. Neu in der Stadt? Nützliche Adressen noch und noch.
- Louise Rafkin: »Sicherheitstipps für Frauen«. Gefahren erkennen und vorbeugen. Kreuz Verlag, 19,80 Mark. Wie sich gefährliche Situationen auf der Straße, im Auto oder Büro und auf Reisen erkennen, meistern oder vermeiden lassen. Ein Handbuch mit praktischen Tipps und sinnvollen Wegen, sich zu schützen – Frauen brauchen dazu keine Muskeln, sondern Köpfchen.

Kapitel 4
Anbahnen lassen

»Bei Anruf: Freizeit.«
Werbeslogan

Special Printmedien

»Rauhe Schale, weicher Kern« – Kontaktanzeigen.

Die Partnersuche per Inserat ist längst kein Verzweiflungsschritt mehr, sondern ein prickelndes Gesellschaftsspiel. Aus allen möglichen Gründen schalten alle möglichen Menschen Kontaktanzeigen: 100 000 Woche für Woche in Deutschlands Printmedien. Prinzipiell gilt: Das Niveau einer Zeitschrift entspricht dem ihrer Leser und Inserenten. Ob überregionales Wochenblatt, die Sonntagsbeilage der Tageszeitung, die Samstagsausgabe, das Zeitgeistmagazin, Special-Interest-Blätter oder die Yellow-Press – Anzeigen sind auch eine Geldfrage. Im Stadtmagazin kosten 20 Zeilen oft keine 20 Mark, in der Zeit das zehnfache.

Die Checkliste für eine Kleinanzeige: Alter, Größe, Geschlecht, Wohnort oder Postleitzahl angeben. Schummeln bringt nichts – ausser Frust beim ersten Date. Gefühl zeigen und vermeintliche Schwächen formulieren: »Ich esse unheimlich gern Hamburger.« Solche Eingeständnisse machen sympathisch. Bei Interessen nicht »Kino« angeben, sondern präzise formulieren: »Ich liebe Fellini-Filme«. Positive Eigenschaften »verkaufen« – die beste Werbung! Kein Selbstmitleid. Kein Dauerfrust. Schreiben Sie besser nicht, wenn Sie gerade einen schlechten Tag haben. Welche Eigenschaften erwarten Sie vom Partner? Alter? Größe? Starke Schultern gesucht? Nicht ausführlicher als die eigene Charakterisierung. Keine nichtssagenden Floskeln! Setzen Sie eine persönliche Note. Mit Charme, Pepp und Phantasie. Einen Schreibwettbewerb müssen Sie nicht gewinnen – aber eben den richtigen Ton treffen. Planen Sie den Zeitpunkt, inserieren Sie nicht eine Woche vor Ihrem Urlaub: Die ersten Antworten auf eine Chiffre-Anzeige verschickt der Verlag in einem neutralen Umschlag vier, fünf Tage nach dem Erscheinen. Schreiben Sie immer ein paar nette Zeilen zurück – auch als Absage.

Oder Sie antworten auf eine Annonce. Teilen Sie – handschriftlich – kurz mit, warum Ihnen gerade diese Anzeige so gefallen hat. Geben Sie Telefonnummer und Zeitpunkt an, wann Sie am besten zu erreichen sind. Es kann dauern, bis Sie eine Reaktion auf Ihre Anwort erhalten: Zehn bis 50 Briefe landen im Briefkasten des Inserenten. Mehr als 300 antworteten bei einer *Marie Claire*-Single-Aktion auf diese Anzeige: »Angehender Arzt, 28, Interessen: Aikido, Forschung und ... Frauen. Möchte Hingabe spüren und sich selbst endlich wieder hingeben können, in allen Bereichen.« Und 1700 Briefe soll ein gewisser Konstantin aus Hamburg erhalten haben, der Traummann schlechthin aus einem *Amica*-Single-Extra.

Buchtipps:
- Klaus Merten/Helmut Giegler: »Kontakt per Annonce«. Westdeutscher Verlag, 38 Mark. Kommunikationswissenschaftler der Uni Münster präsentieren die Ergebnisse ihrer Analyse von 3000 Kontaktanzeigen.

- Achim Schwarze: »Erfolg mit Kontaktanzeigen«. Eichborn, 19,80 Mark. Profi-Tipps für Anzeigen, die ankommen und Treffen, die Spaß machen.

> Info

Liebesspiele
Frauenmagazine bringen in regelmäßigen Abständen (vor allem im Frühjahr!) Specials zu den Themen Kontakte, Männer und Partnersuche: Flirtspiele, Kontaktbörsen. Und manchmal gibt's auch eine Reise oder ein Badehandtuch zu gewinnen. Immer mal wieder Zeitschriften durchforsten! Im Supermarkt oder in der Bahnhofsbuchhandlung. Gucken kostet nichts. Und vielleicht bandeln Sie am Regal gleich an.

Special Fernsehen

**Im Rampenlicht statt bei Kerzenschein.
Shows, Spaß und Spielereien.**

Wow! Baggern, was das Zeug hält. Einen Partner basteln nach dem Baukastenprinzip: Entscheiden Sie sich für den »Riesenrammler« oder den »Stallhasen« im Schlafzimmer? Sagt Ihnen in der Kategorie Brustbehaarung mehr der »Biberpelz« oder die »Nacktschnecke« zu? Ob da tatsächlich der Funke überspringt, ist Nebensache. Kuppelshows im Fernsehen, das heißt Spaß haben. Und Quote machen. Seit 1986 und Rudi Carells »Herzblatt« balzten in fast zwanzig verschiedenen Shows über 25 000 Singles im Rampenlicht. Die Hälfte der Dating-Shows waren Flops, andere hingegen schlugen voll ein. Kai Pflaume (»Nur die Liebe zählt«) erreichen jede Woche 5 000 Hilferufe von möglichen Kandidaten und samstags drei Millionen Zuschauer. »Vor allem bei den privaten Anbietern treten Zuschauer nicht länger nur als Spielpartner mit Chancen auf materielle Gewinne auf, sondern als Akteure ihres eigenen Lebens – in der Hoffnung auf ideellen und sozialen Gewinn«, schreibt die Soziologin Angela Keppler. Das Fernsehen als Anwalt einer inszenierten und auch realen Verbesserung und Überhöhung wirklichen Lebens.

Rollenspiele. Wie kommt man ins Fernsehen?

Bewerbung, Casting, Aufzeichnung bei »Herzblatt« und »Bzzz – Singles am Drücker«.

Die Kölner Agentur Fremantle-Casting lädt ausgewählte Bewerberinnen und Bewerber schriftlich zum nächstmöglichen Casting ein – das kann in drei Tagen stattfinden oder erst in zwei Monaten. Wo? Grundsätzlich nicht weiter als 200 Kilometer vom Wohnort entfernt. Sämtliche Kosten (Anreise etc.) müssen selbst bezahlt werden. Der Ablauf: Personalbögen ausfüllen und per Unterschrift Singlestatus bestätigen. Beim anschließenden Video-Casting erzählen die 20 Teilnehmer etwas über sich selbst, ihre Hobbys und die Gründe, warum sie an der Show teilnehmen wollen. Zwei Stunden dauert dieses Prozedere. Etwa zwei, drei Wochen vor der Aufzeichnung meldet sich Fremantle bei den Kandidaten (hört ein Bewerber nichts mehr, hat es – für diese Show – nicht geklappt). Die Agentur checkt nochmals die jeweiligen Termine für die Aufzeichnung und den Singlestatus. Jetzt folgt eine schriftliche Einladung samt Wegbeschreibung und Daten, die für die Aufzeichnung wichtig sind. Den Kandidaten werden Zugticket oder Kilometergeld erstattet, bei »Herzblatt« eventuell sogar das Flugticket. Hotelkosten auch. Das Casting Team betreut vor Ort – backstage und während der Warm-up-Phase: »Hey, Leute, ihr müsst euch jetzt verkaufen. Deshalb seid ihr hier. Und wenn zu dir, Katrin, einer Katrin sagt, dann freust du dich nicht nur ein bisschen, sondern monstermäßig.« Es ist ein harter Job, eine lockere Dating-Show zu machen. Und: Wer nicht gefällt, fliegt ganz schnell raus. Die Kuppel-Gewinne: eine Reise mit dem »Herzblatt-Hubschrauber«, bei »Bzzz« Geld oder auch eine Reise zu zweit. Aufzeichnungsorte: MMC-Studios in Hürth-Kalscheuren und die Studios des Bayerischen Rundfunks in München (»Herzblatt«). Bewerbungen an: Fremantle-Casting, Mathias-Brüggen-Str. 138, 50829 Köln. Ticket-Hotline: 0221/95 64 91 14.

> Info

Verkehrsknotenpunkt
Flirten im Stau: Mitglieder dieser Agentur kleben sich einen Aufkleber auf die Scheibe, der Bereitschaft signalisiert: Sie wollen mit dem graumelierten Herrn im BMW anbandeln? Sie merken sich die Autonummer, melden sich bei der Agentur und geben Ihre Telefonnummer durch. Die checkt ab, ob auch er Lust hat auf ein Date und gibt Ihre Nummer an ihn weiter. Ruft er zurück? Sie hoffen. Bei der Münchner Auto-Flirt-Agentur sind die Hälfte der 400 Mitglieder Frauen. Infos: »Rolling Heart«, 089/700 57 00. Oder Auto-Flirt-Hotline: 0711/990 85 13.

Special Agenturen

Die alten Bekannten: Eheanbahnung und Partnervermittlung. Das Geschäft mit dem Bund fürs Leben boomt. Jährlich setzen die rund 500 Heiratsvermittler in Deutschland etwa 465 Millionen Mark um. Im Durchschnitt kostet die Partnersuche zwischen 3000 und 9000 Mark. Männliche Endzwanziger gelten als Problemfälle: In ihrer Generation gibt es weit weniger Frauen als Männer – deshalb müssen manche noch tiefer in die Tasche greifen. Die Vermittlung von Partnern ist gesetzlich der Prostitution gleichgestellt; Zahlungen sind nicht einklagbar, wer interessiert ist, muss Vorkasse leisten. Ein Imageproblem dieser Zunft, und außerdem Grund für Verbraucherzentralen, vor krummen Geschäften mit der Einsamkeit zu warnen.

Der Gesamtverband der Eheanbahnungen und Partnervermittlungen e.V. (GDE) kämpft als einziger und ältester Berufsverband seiner Branche seit 1975 gegen schwarze Schafe und unseriöse Offerten: »Vorsicht vor Wundertütenangeboten. Kostenlose Vermittlung, Fotoanzeigen und Erfolgsgarantien sind reine Lockangebote«. Die Tipps aus der Checkliste des Vereins: Kein Vermittler darf sich hinter Chiffre-Inseraten verstecken. Vorgespräche müssen ausführlich und kostenlos sowie Preis, Leistung, Zahlungsweise und Fälligkeiten im Vertrag enthalten sein. Das Kündigungsrecht darf nicht ausgeschlossen werden. Weitere Infos gibt es rund um die Uhr beim GDE-Verbraucher-Telefon: 06201/18 22 77.

Die neuen Wilden. Singles wohnen im Single-Apartment, benutzen die Single-Mikrowelle und reisen in den Single-Club. Seit immer mehr Leute allein leben, tun sich Nischen auf: Agenturen erkennen Bedürfnisse und realisieren, dass die einzige Gemeinsamkeit von Einzelwesen mangelnde Gesellschaft ist. Ein Programm nach dem anderen entwerfen sie für alle Einsamen, die es gern gemeinsam machen würden. Hier geht es meistens nur um Freizeitspaß, nicht um Liebe. Aber: Mit der Zahl der Dates wächst auch die Chance, dem Traumprinzen zu begegnen. Karin Reipschläger, Chefin der Agentur »Dinner for fun« in Hamburg schnürt zum Beispiel Sixpacks: drei Männer, drei Frauen. Und reserviert für sie Tisch und dreigängiges Menü im Edelrestaurant. Die Agentin setzt auf die fröhliche Tafelrunde statt auf peinliche Pärchentreffen – ein kollektives Blind Date, keiner kennt den anderen. Und: Liebe geht immerhin auch durch den Magen.

Auch bei »Meet-You« sollen sich keine Ehen anbahnen – selbst wenn das hin und wieder doch passiert. Bella von Oertzen, die Hamburger Freizeitvermittlungsagentur-Chefin, bringt Menschen zusammen, die die gleichen Interessen haben und sich sonst vielleicht nie begegnet wären. Die Anknüpfungspunkte: ein Sonntagsbrunch, Spieleabende, der Sylttrip, ein Tauchkurs, der Fotoworkshop, ein Pistenabend, die Tupperparty. Per Rundbrief informiert sie monatlich über Events, und die Mitglieder freuen sich, einfach mal so plaudern zu können, ohne den Gedanken im Hinterkopf: Will der was von mir oder nicht?

Und sie verstehen sich als »Schnittstelle zwischen zwei Suchenden«: Die Macher des Hamburger »Seitensprung Service« vermitteln erotische Kontakte bundesweit. Prickelnde Abenteuer – außerehelich, anonym. Diskretion inbegriffen: Der Agentur sind keine persönlichen Daten bekannt. Wer Mitglied ist, gibt lediglich Kennwort und Geburtsdatum an. Und füllt via Telefon oder Computer einen Fragebogen aus: zum Beispiel mit Angaben zu Haarfarbe, Sternzeichen, Erscheinungsbild,

Eigenschaften sowie Vorstellungen vom Partner. Die Fragen nach Intimschmuck und Fesselspielen auf dem gesonderten Erotikbogen können, müssen aber nicht beantwortet werden. Ist die Aufnahmegebühr bezahlt, sucht die Agentur sofort nach dem passenden Gegenstück. Er fordere niemand zur Untreue auf, sagt der Chef Andreas Jurgeleit. Wenn jemand zu ihnen komme, sei die Beziehung sowieso schon kaputt. Aber er weckt auch Hoffnung: Seitensprünge könnten gar eine Partnerschaft neu beleben.

In beinahe jeder deutschen Großstadt haben diese drei Agenturen inzwischen Filialen eingerichtet. Die Mitgliederzahlen steigen und damit auch die Chancen, Menschen zu treffen, die tatsächlich auf unserer Wellenlänge liegen. Für fast jeden Geschmack und jedes Bedürfnis sorgt bereits jemand: der Begleitservice für Frauen, die Interessenbörse, Tauschringe, Freiwilligenzentren und Chatlines – Lust auf den Blindflug? Ausführliche Tipps und Adressen im Anhang.

➤ Info

Dinner for one
Silvester allein zu Hause? Na und, andere langweilen sich auf der Fete von Bruno gemeinsam mit hundert weiteren, von denen Bruno auch nur drei kennt, und sind froh, wenn endlich Mitternacht ist. Sie gönnen sich dafür was. Champagner. Kaviar. Und einen Koch. Den mieten Sie. Und der zaubert etwas besonderes. Ganz für Sie allein. Einmal Miss Sophie sein! »Rent-a-cook«-Adressen in den Gelben Seiten unter Partyservice. Rechtzeitig buchen!

Special Internet

Im Netz der Emotionen.

Joschi: Macht ja nichts, ich bin auch gerade erst aufgestanden.
Maja: Lange Nacht gehabt, was??
Ivo: Man wird doch noch Spaß haben dürfen.
Maja: Ich hatte auch meinen Spaß gestern :-).
Joschi: Ach?

Kommunikation per Tastendruck. Auch ein soziales Netz: das Internet als Traum vom globalen Dorfbrunnen. Alle Menschen kommen hin und teilen ihre Sorgen, tauschen ihr Wissen aus. Lernen sich kennen. Manche freuen sich über den emanzipatorischen Effekt: Besonders Frauen, die weder der technologischen noch gesellschaftlichen Avantgarde angehörten oder andere, die auf dem flachen Land lebten, die »Hausfrau und Mutter«, könnten sich via Internet ein elektronisches Fenster zur Welt aufstoßen. Und ihre Isolation knacken. Online kannst du lernen, furchtlos zu werden, du kannst es dir leisten, kühn zu sein. Das Netz nimmt dir sogar deine Stimme. Und wenn du nichts hast, kannst du nichts verlieren. Du kannst sogar das Unerhörteste tun. Einfach ehrlich sein. Sagt die amerikanische Netsurferin »St. Jude« .

Vernetzte Herzen. Über die neue Kommunikationskultur.

Computer als Stimulanz: Diejenigen, die elektronische Netze nutzen, sind blass höchstens im Gesicht. Sie sind aber weder einsam noch kontaktscheu. Ganz im Gegenteil. Sie konferieren unkompliziert und bahnen im Netz mühelos neue Kontakte an. In den Diskussionsforen, Newsgroups, virtuellen Cafés und Live-chat-Räumen duzt jeder jeden. Und der Alltag spielt keine Rolle: Niemanden interessieren hier berufliche Stellung, körperliche Attraktivität oder materieller Wohlstand. Die eigene Identität verschwimmt, und in jedem Gespräch wird sie neu definiert. Wer sich im Netz behaupten will, braucht keine Statussymbole. Der eingetippte Text ist die Visitenkarte. Und der Name ein Pseudonym.

Was bedeutet das für uns – eine neue Identität oder gleich mehrere nebeneinander zu haben? Uns zeitweise eine andere Biographie zu eigen zu machen, während sich unsere Geschichte in den Weiten des Cyberspace verliert? Was bedeutet das, wenn wir die Wahl haben, Frau oder Mann zu sein?

Im Internet zeichnen wir auf irritierende Weise ein neues, eigenes Bewusstsein. Eine amerikanische Cyberspace-Expertin sieht das Netz als »soziales Laboratorium«. Sie hofft, dass wir aufgrund dieser neuen Flexibilität in Hinblick auf Persönlichkeitsrollen auch mit den Herausforderungen einer globalen Weltgemeinschaft besser umgehen können: Erst durch Kontakt zu »Netzbewohnern« entwickelten manche die Fähigkeit, auch im realen Leben auf wechselnde Gesprächspartner unterschiedlicher Herkunft zu reagieren.

Identität in der Vorstellung der Postmoderne: eine Ansammlung von Rollen, die den verschiedensten Anforderungen genügen und immer wieder neu ausgehandelt werden müssen. Nichts währt das ganze Leben, unsere Identitäten sind heterogen, multipel, fragmentiert. Im Netz machen wir nichts anderes: Wir erzeugen Ich-Identitäten. Und wir experimentieren.

Alles ist erlaubt. Was uns im Alltag verwehrt bleibt, erfahren wir im Netz. Männer geben sich als Frauen aus, manchmal, um das Zahlenverhältnis auszugleichen (Studenten der Uni Trier errechneten: Nur vier Prozent aller Datenreisenden in deutschen Netzen sind Frauen). Manchmal, um mit dem eigenen Geschlecht zu flirten. Und Stefanie zum Beispiel bekennt, dass sie sich als Stefan im Netz wohler fühlt, weil sie dann nicht angemacht wird. Die Möglichkeiten, neue Beziehungen und Handlungsformen auszuprobieren, sind grenzenlos – und, echt praktisch, schlimme Konsequenzen oder Katastrophen bleiben aus.

Die natürliche Vielfalt alltäglicher Kommunikation reduziert das Netz aufs äußerste: den geschriebenen Text. Keine Blicke. Keine Gesten. Die virtuelle Existenz bedeutet freilich nicht nur Verlust. Sie kann neue Möglichkeiten und Freiräume eröffnen; denn noch immer stehen hinter dem Klacken der Tastaturen Menschen. Sie können sich Leben und Treiben in den Netzen als simulierten Alltag vorstellen: flexibel und mobil auf neue Situationen reagieren, neue Arbeitsverhältnisse eingehen, neue zwischenmenschliche Beziehungen knüpfen. Oder neue, unerwartete Erfahrungen in der Rolle des anderen Geschlechts machen. In diesem Sinne hätte das Internet tatsächlich seinen Teil zur Emanzipation beigetragen.

Gespräche, Flirt und Leidenschaft.
Von der Faszination Surfen.

Wir müssen einfach keinen Finger rühren, um das zu erreichen, was im wirklichen Leben mit irrsinnigem Aufwand verbunden ist. Pizza bestellen zum Beispiel. Wir brauchen keinen Regenschirm, wenn wir vor die Tür gehen. Weil wir einfach nur am Schreibtisch sitzen. Wir unterhalten uns mit Jim aus Boston, Maria-Dolores aus Spanien und mit Joo-Seuk, Hongkong. Gleichzeitig. Jeder Kontakt – und es gibt so viele Kontakte, wenn wir nur wollen – birgt eine Chance: auf Unterhaltung, einen Flirt, die große Liebe.

Nirgendwo sonst können wir mit der Zahnbürste im Mund so viele Menschen kennenlernen wie im Internet. Alle sind freundlich und interessiert und erste Kontakte sind, zumindest was das Aussehen angeht, völlig frei von Vorurteilen. Surfen heißt zwar, das komplette Angebot im Internet wahrzunehmen. Aber im Grunde sind wir doch alle nur auf der Suche nach dem nächsten Abenteuer und wollen ständig neue Menschen kennenlernen. Deshalb chatten wir.

Chatten heißt: Wir unterhalten uns. Im virtuellen Raum sind zwei oder mehr Personen in den unterschiedlichsten Gesprächsforen dabei, sich auszutauschen. Die Themen sind mal vorgegeben, meistens aber beliebig. Als Neuling in einer Konferenz (und wenn uns jemand vorher erklärt hat, wie wir da überhaupt hinkommen) sind wir schnell dabei. Wir stellen uns vor (»Jemand da? Ich bin die Anna.«) und die Antwort kommt prompt (»Hallo Anna, hier Jens, neu hier?«). Während wir uns noch fragen, woher Jens weiß, dass wir neu hier sind, fragt Bille (»Ach, Jens, auch wieder da?«) und Jens erklärt (»War nur schnell Bier holen.«). Simon hat Durst (»Mann, hätt' ich jetzt auch nichts dagegen.«) und Dandy Hunger (»Ich ess' Pizza, falls euch das interessiert.«). Jens interessiert sich für uns (»Anna halloh, noch daaa????«) und wir hacken auf die Tasten (»Jaja, alles ganz schön neu hier.«). Und Dandy geht (»O.K., bis morgen«). Keine Minute ist das jetzt her, seit wir uns eingeklinkt haben.

Chatten heißt, schnell zu sein. Und schlagfertig. In den Foren ist ein Kommen und Gehen. Wer kommt, vor allem als Frau, wird überschwenglich begrüßt. Wer geht, freundlich verabschiedet. Manche Unterhaltungen versumpfen in Begrüßungsritualen, manche vergaloppieren sich in Endlos-Fortsetzungen der »Lindenstraße«. Was hier gespielt wird ist kollektiver Nonsens, meistens.

Aber es geht auch anders. Obwohl es kaum sterilere Wege gibt, um Menschen kennenzulernen, kommt es vor, dass sich zwei Surfer ineinander verlieben, möglicherweise sogar heftiger und intensiver als im normalen Leben. Und vielleicht sogar heiraten.

Diese zwei Herzen verbindet mehr als eine kilometerlange Telefonschnur. Wir sind uns nie begegnet. Wir kennen uns nicht. Und doch wissen wir von diesem Menschen mehr, als vielleicht von unserem eigenen Partner, einfach alles. Denn online haben wir viel Zeit uns mitzuteilen. Tippen dauert länger als sprechen. Aber schreiben fällt uns leichter als reden. Romantisch wird es im Netz auch ohne Kerzen und Champagner. Weil uns das Cyberspace die Sehnsucht bewahrt. Unerfüllte Sehnsucht. Weil zwischen uns und diesem anderen Menschen Kilometer liegen. Und vielleicht auch andere Hindernisse. Wie zwei Königskinder: Wir können nicht zusammenkommen. Und trotzdem in Kontakt treten, so oft wir wollen. Unerfüllte Wünsche und die Unmöglichkeit körperlicher Nähe reizen uns. Das kosten wir aus. Wir vollbringen poetische Glanzleistungen. Und glauben manchmal, wir sind Anais Nin. Oder Henry Miller. Oder beide zusammen. Entdecken Seiten an uns, die uns überraschen.

Nirgendwo sonst haben wir die Möglichkeit, so schnell, so unkompliziert in eine andere Rolle zu schlüpfen. Wir sind nicht die, die wir sind, sondern die wir vorgeben zu sein. Wir bleiben anonym. Niemand kennt unser Gesicht, keiner blickt uns in die Augen. Unsere Seele bleibt verschlossen. Das macht uns sicher. Wir verlassen den gewohnten Trott. Sehen anders aus, verhalten uns anders, haben andere Vorstellungen von Moral. Wir tauchen in eine andere Welt. Wir haben keine Hemmungen, weil wir beide wissen, dass wir uns nicht kennen und einander niemals kennenlernen werden. Wir kommunizieren nicht von Angesicht zu Angesicht. Und wir kommunizieren nicht so, wie wir es von Angesicht zu Angesicht tun würden. Und wir brauchen uns deshalb auch nicht zu wundern, wenn uns einer online fragt, ob wir »ficken« wollen.

Der Online-Knigge.
Die »Netiquette« und andere Ausdruckshilfen.

Wir sprechen nicht mit Maschinen, sondern mit Menschen. Manche vergessen das zwar, sobald sie online sind, aber eigentlich ist alles wie im richtigen Leben: Es gibt Umgangsformen. Und Regeln. In Konferenzräumen zum Beispiel wird nach einer kurzen Begrüßung erst einmal zugehört, worum es gerade geht. Keine Fragen stellen oder Aussagen machen, die nicht zur Diskussion beitragen. Unterhalten sich die Teilnehmer auf Englisch, auch Englisch sprechen. In Einzelgespräche nicht mit »Hi« einsteigen. So einsilbig ist kein Mensch. Keiner hat Lust, darauf zu antworten.

Das kommt dabei heraus, wenn Blickkontakte fehlen: Ironie und trockener Humor können oft nicht verstanden werden. Sparsam damit umgehen. Und nicht ernstgemeinte Aussagen kennzeichnen: »Emoticons« sind geschriebene Mimik, die wir entziffern können, wenn wir den Kopf auf die linke Schulter fallen lassen:

Wir freuen uns: :-) Der Doppelpunkt markiert die Augen, der Gedankenstrich die Nase, die rechte Klammer den Mund.

Wir ärgern uns, haben schlechte Laune :-(

Wir sind erschrocken =:-0
Wir brüllen :-@
Und tragen eine Brille 8-)

Der erste reale Kontakt: »User-Treffen«.

Sozusagen der personifizierte Buchstabensalat: Manche Foren organisieren in unterschiedlichen Großstädten Treffen, bei denen wir die Leute, mit denen wir bislang nur online verkehrten, persönlich kennenlernen können. Wir treffen neue Leute, mit denen wir künftig chatten. Oder intensivieren Bekanntschaften des Cyberspace im wirklichen Leben. Diese Treffen können witzig oder desillusionierend sein – für eine Überraschung gut sind sie immer.

Oder wollen Sie tatsächlich den Menschen kennenlernen, mit dem Sie seit geraumer Zeit regelmäßig Einzelgespräche führen? Dann wird's ernst. Wollen Sie kein frustrierendes »Blind-Date« erleben, sollten Sie zunächst besser Elemente des realen Lebens einbringen: Fotos tauschen zum Beispiel. Und falsche Angaben zur Person richtigstellen. Nicht jeder, der online nett und witzig plaudert, ist auch sonst eine Stimmungskanone. Einem spontanen Treffen nur zustimmen, wenn Sie auch einen langweiligen Abend verkraften. Fronten klären oder der Herzschmerz ist vorprogrammiert. Wo immer Sie sich verabreden – nicht in der eigenen Wohnung. Der romantische Held ist womöglich nichts anderes als ein Psychopath. Und: Folgen abschätzen. Die Konversation im Netz verläuft nach dem ersten realen Kontakt anders als zuvor. Nicht mehr so entspannt und spielerisch. Oder dieser Mensch war eben doch der Volltreffer. Glückwunsch.

Für Einsteigerinnen. Wie gehe ich online?
Um ins Netz zu kommen benötigen Sie einen Computer (PCs ab 386er, Mac ab System 7.1), ein Modem, einen Internet-Anbieter (Provider) und Netz-Software.

Modems übersetzen Computer-Infos in Töne, die im Telefonnetz übertragen werden können und umgekehrt; außerdem können Sie damit per Computer Faxe versenden und empfangen. Modems unterscheiden sich hinsichtlich der Geschwindigkeit der Datenübertragung: Sie sollte bei mindestens 14 400, besser 28 800 Baud liegen. Schnellere Modems sind teurer, sparen aber Telefongebühren. Das Modem ist erst betriebsbereit, wenn es an Ihren Computer angepasst worden ist, und das kann kompliziert sein. Jemanden vom Fach fragen! Kosten für ein Modem: ca. 250 Mark.

Per Modem wählen Sie den Rechner eines Anbieters an. Zum Beispiel T-ONLINE (sämtliche Angaben Stand 1997). Kosten: einmalig 50 Mark für den Anschluss, acht Mark monatlich, Telefongebühren plus acht Pfennig pro Minute montags bis freitags zwischen acht und 18 Uhr, sonstige Zeiten: fünf Pfennig pro Minute. Infos: 0130-50 00 oder 0130-01 90 bei technischen Fragen.

Oder COMPUSERVE: Kosten: 9,95 Dollar monatlich, inklusive fünf Freistunden. Jede weitere Stunde kostet 2,95 Dollar. Keine Extrakosten fürs Internet. Infos: 0130-37 32.

Außerdem AOL: Kosten: 9,90 Mark monatlich, inklusive zwei Freistunden. Jede weitere Stunde sechs Mark. Keine Extrakosten für das Internet. Infos: 0180-5 52 20 sowie METRONET (eigene Website der Handelskette, Infos: 0221-3 09 10).

Zu den Gebühren für den Provider kommen noch Telefongebühren für die Verbindung zu ihm, dem »Einwahlknoten«. Der sollte also möglichst im Citybereich liegen (günstigste Tarifzeiten der Telekom ab zwei Uhr morgens). Studentinnen sparen sich die Gebühren für den Anbieter. Sie wählen sich über die Hochschule ein und zahlen nur die Telefongebühren bis zur Uni. Und: Haben Sie keinen ISDN-Anschluss, ist Ihr Telefon während Sie surfen natürlich belegt.

Bestimmte Software, die Sie fürs Internet benötigen, auf Ihren Computer abgestimmt sein. Die erhalten Sie in der Regel von Ihrem Provider.

Außerdem: Gut tippen und einigermaßen gut englisch können. Und anfangs viel Geduld aufbringen. Suchmaschinen helfen, Angebote zu finden; Sie werden mit der Zeit immer schneller auf Interessantes stoßen. Alternativ zum Internet: Mailboxsysteme, zum Beispiel reine Frauen-Netze wie Fem-Net oder //WOMAN. Nachteil: weniger Graphik oder Spiele. Vorteil: Mehr Kommunikation.

Buchtipps:

- »Patchwork. Frauen im Internet«. CD-Rom der Initiative »ProNet«. Heureka-Klett-Softwareverlag, 49 Mark. Tro ckentraining fürs Surfen. Basis-Wissen unter anderem zu den Themen Datenrecherche, ein

Glossar erläutert Fachbegriffe, ein Diskussionsforum liefert Argumente zu Themen wie Pornographie und Datensicherheit.

- Elisabeth Reisch: »Vernetzte Herzen«. Chat, Flirt und Leidenschaft im Cyberspace: Econ, 14,90 Mark. Die Autorin schreibt von Typen, die einem im Netz begegnen, von den ersten Schritten im Netz, wie man trotz weltweitem Medium Menschen aus der Nachbarschaft trifft und beschreibt, was sich hinter einigen Adressen verbirgt.
- Gabriele Hooffacker, Rena Tangens: »Frauen und Netze«. rororo, 18,90 Mark. Lebenshilfe, Jobsuche, Kontakt zu Frauenprojekten – ein Internetreiseführer.
- »Computervernetzung für Frauen«, herausgegeben vom FrauenUmweltNetz, Verlag Efeu, 27 Mark.

Zum Los-Chatten:
http://www.singletreff.de
http://www.metropolis.de

Vorsicht, Sucht?

Noch gibt es keine ärztlich diagnostizierten Symptome. Aber im Netz zahlreiche Vorschläge: Süchtig ist, wer durchschnittlich weniger als fünf Stunden schläft, um länger online sein zu können. Wer andere Aktivitäten für das Internet völlig vernachlässigt. Wer sich von seinem Partner, Arbeitskollegen oder engem Freund Beschwerden anhören. Wer ständig ans Internet denkt, auch wenn er offline ist. Wer immer wieder aufs Neue vergeblich versucht, seine Aktivität im Netz zu reduzieren.

In einer Studie der TU Berlin zum Thema »Internetsucht und soziale Vereinsamung von Internet-Usern«

wurde die These nicht belegt, dass das Internet ein Tummelplatz vereinsamter Menschen ist oder die User in die soziale Isolation treibt. In einer Untersuchung der Uni Gießen wurde dagegen von 70 Prozent der befragten Personen bestätigt, dass sie oft länger im Netz surfen, als sie ursprünglich vorhatten. Und über 50 Prozent gaben zu, dass sie surften, obwohl sie eigentlich Wichtigeres zu erledigen hätten. Hin und wieder gelangen auch diese Einzelfälle an die Öffentlichkeit: Menschen, die tatsächlich nur noch fürs Internet lebten und sich umbrachten, nachdem ihnen wegen unbezahlter Telefonrechnungen Leitung und Zugang gekappt worden sind.

Die User selbst kommentieren die öffentliche Diskussion über Internet-Sucht auf eigens eingerichteten Seiten ironisch. Auch die Beratungsstellen im Netz gehen auf das Thema Internet-Sucht (noch) nicht ein.

Kapitel 5
Kontakte knüpfen – aber wie?
Technik und Taktik

»Es ist nicht gut, dass der Mensch allein sei!«
1. Mose, Genesis 2,18

Kann passieren: Sie stehen bei der Weihnachtsfeier Ihrer Firma mal zur Abwechslung nicht in der hintersten Ecke, sondern mitten im Raum, das zweite Glas Sekt in der Hand, mit ganz roten Wangen und einem fröhlichen Lächeln auf den Lippen. Alle aus dem Betrieb sind da, auch dieser neue Abteilungsleiter aus dem dritten Stock. Der mit den schönen, warmen, braunen Augen, der es Ihnen gleich angetan hat. Und da ist auch der Herr aus dem Büro direkt über Ihnen, einsachtundfünfzig groß, Schnauzer, immer Schweißperlen auf der Stirn – und jetzt mit Tomatenresten zwischen den Zähnen, als er neben Ihnen auftaucht und sagt: »n'Abend.« Ach. So haben Sie sich das nicht vorgestellt. So auf den Abend gefreut, alles bestens geplant: tolles Kleid, offenes Lächeln. Und jetzt wissen Sie nur, dass Kämpevisen epische, lyrische und dramatische altdänische Balladen in Dialog- und Kehrreimform des 14. Jahrhunderts sind. Glückwunsch! Zugegeben, es gibt Spannenderes. Aber es hat geklappt. Sie sind angekommen. Dranbleiben. Bei der nächsten Feier schnappen Sie sich gleich einen mit schönen, warmen, braunen Augen.

Der erste Schritt. Jeden Tag einen neuen Kontakt

Jetzt aber los. Genug abgekapselt. Ein Fußballer muss auch erst auf den Platz, bevor er ein Tor schießen kann. Kontakte zu schließen ist – wie Tore zu schießen – nicht nur eine Frage des Talents. Es ist Training. Technik, Taktik und Ausdauer. Wir üben offen zu sein und gelassen, uns selbst zu vertrauen und zu lieben, positiv zu sein. Und wir landen Volltreffer um Volltreffer. Völlig egal, wen wir ansprechen – zunächst. Entscheidend vielmehr ist, dass wir es tun; unsere Kontaktfähigkeit schulen, ein soziales Netz knüpfen.

Am leichtesten fällt uns das in gewohnter Umgebung, dem beruflichen Umfeld zum Beispiel. Da liegen die Anknüpfungspunkte, so sollten wir meinen, auf der Hand. Privat müssen wir aus freien Stücken den ersten Schritt machen. Der einzig sichere Weg: Eigeninitiative.

Die Hemmschwelle ist zuweilen hoch. Was wir da leisten sollen, kostet uns Mut und Selbstüberwindung. Angst blockiert. Zulassen! Angst ist eine völlig normale Abwehrreaktion des Körpers: Wir spannen die Muskeln an, atmen schneller. Alles klar zur Flucht. Angst ist eine Reaktion auf Unbekanntes. Ein Schutzmechanismus. Wenn wir wissen, warum wir Angst haben und diese Gründe akzeptieren, werden wir sie in Griff bekommen.

Auch das ist eine Trainingseinheit: Wir sollten uns gezielt eine der Situationen vornehmen, die uns Angst macht. Allein ins Kino zu gehen. Ins Café. Oder ins Museum. Zuerst setzen wir uns an einen leeren Tisch, in eine leere Kinoreihe. Und im Museum betrachten wir nur die Werke, vor denen niemand steht. Beim zweiten Besuch fragen wir im vollbesetzten Café, ob wir uns nicht dazusetzen können. Im Kino wollen wir von unserem Nachbarn wissen, ob er uns einen Blick in sein Programmheft werfen lässt. Und im Museum sprechen wir die Aufsichtsperson an, weil uns interessiert, ob die Ausstellung gut oder schlecht besucht ist.

Die kleinen Aufgaben, die wir uns selbst stellen, müssen uns Überwindung kosten. Aber sie müssen lösbar sein. Nach und nach lernen wir, die Angst auszuhalten. Jedes kleine Erfolgserlebnis beschert uns ein Stück mehr Selbstvertrauen. Einfacher Trick: Bevor wir uns aufmachen, spielen wir die Situation gedanklich durch. Wie würde ich mich am liebsten verhalten? Wie würde ich mich am liebsten dabei fühlen? Bisher waren Sie unter fremden Menschen angespannt, unsicher, sprachlos. Sie fragen sich: Warum nehme ich das alles auf mich? Antwort: weil es mir Spaß macht. Weil es mich anmacht, neue Menschen kennenzulernen. Weil es mich anregt. Weil ich Lust habe. Je entspannter und ruhiger Sie sind, desto eher kommt diese Freude zum Ausdruck. Sie sind unbeschwert.

Natürlich gibt es viele Methoden, sich zu entspannen. Yoga. Autogenes Training. Sie kennen das sicher alles schon. Auch andere Techniken, die Selbstbewusstsein stärken, bauen auf diesem Weg Angst und Anspannung ab. Wenn Sie nachher gleich losgehen wollen, helfen Ihnen ein paar Tricks, um ruhiger zu werden und sich auf die Situation einzustimmen.

Grundsätzlich gilt: positiv denken. Sie erinnern sich an eine schöne Situation. Daran, wie Sie sich bei diesem Ereignis gefühlt haben. Wie es gerochen hat. Oder geschmeckt. Oder sich angehört hat. Provozieren Sie alle Ihre Sinne. Legen Sie Ihre Lieblingsmusik ein. Hören Sie die Stücke dröhnend laut. Oder leise. Cremen Sie sich ein. In aller Ruhe von Kopf bis Fuß mit Ihrer besten Bodylotion. Machen Sie sich zurecht. Die neuen Schuhe, Großmutters goldene Ohrringe. Und verwöhnen Sie sich vor dem Spiegel mit Komplimenten. Bloß nicht meckern. Nicht über den Pickel auf der Stirn. Nicht über die stumpfen Haare. Nicht über Augenringe. Lächeln. Einfach lächeln. Lachen Sie sich nicht aus, sondern an.

Gönnen Sie sich was. Noch eben eine Herrentorte vom Konditor nebenan. Pommes aus dem Backofen. Die Aussicht auf einen neuen CD-Player. Belohnen Sie sich für die Zeit nach Ihrem Feldzug: Richten Sie alles für ein heißes Bad her. Beziehen Sie Ihr Bett frisch. Auch wenn Sie das zuletzt vorgestern gemacht haben. Kurz: Bringen Sie sich in Stimmung. Womit wissen Sie selbst am besten.

Bereit?

Angeblich fühlen sich auf einem Fest mit lauter unbekannten Menschen 75 Prozent aller Anwesenden unwohl. Stumm wie Fische zerbrechen sich alle den Kopf, wie sie wohl jemanden ansprechen könnten. Und Sie dachten immer, das geht nur Ihnen so.

Sie erkunden jetzt das Terrain. Sie sind auf einer Party (der Einzug Ihrer neuen Nachbarin von nebenan – eigentlich, sagten Sie ihr gestern, feierten Sie bereits den Geburtstag Ihrer Mutter). Oder auf einer öffentlichen Veranstaltung (die Einweihung der örtlichen Bücherei mit Jazz-Frühstück – die Einladung bekamen Sie vor vier Wochen, wie alle anderen, die einen Ausweis besitzen). Egal – erst einmal etwas zu trinken besorgen. Etwas Sekt hebt die Laune, und auch mit einem Mineralwasser haben Sie etwas in der Hand. Ein Häppchen dazu, und Sie sind beschäftigt. Fällt kaum auf, dass Sie allein etwas abseits stehen und dabei Leute checken. Der mit der Häschenkrawatte arbeitet beim Postamt. Jede Wette. Und der mit der Sonnenbrille ist Designer –

nein, danke. Die Frau mit den hochhackigen Stiefeln ist eine Wucht. Supernett, wie die lacht. Ist mit ihrer Freundin da.

Ansprechen können wir jeden Menschen. Jeden, der allein ist. Und jeden, der uns gefällt. Äußerlich zunächst, natürlich. Schöne Augen, eine schrille Handtasche, ein süßer Hund: Kein Grund ist zu dämlich, mit jemandem ins Gespräch zu kommen. Und wir können da nur mithalten. Rote Schuhe zum schwarzen Hosenanzug, ein Hut mit breiter Krempe, der Muff im Winter – mit einiger Phantasie fallen uns viele Dinge ein, mit denen wir dezent auf uns aufmerksam machen können.

Wenn wir jemanden ansprechen, tun wir dieser Person einen Gefallen. Da waren vielleicht schon ein paar Blicke über den Glasrand, ein Lächeln. Was für Ausgangsbedingungen! Inhaliert dieser Mensch seit geraumer Zeit den Rauch seiner Zigarette und hält er sich am Glas fest, dass die Fingerknöchel schon ganz weiß leuchten? Diese Person fühlt sich nicht besonders wohl. Allein. Mit den anderen 75 Prozent auf dieser Party. Nur zu. Sie kennen dieses Gefühl. Und Sie schmeicheln diesem Menschen, wenn Sie auf ihn zugehen.

Und machen Sie sich keine Gedanken über die ersten Sätze. Versuchen Sie erst gar nicht, Phrasen zu vermeiden. Im Gegenteil. Benutzen Sie sie. Steigen Sie mit irgendeiner Frage ein. Gefällt Ihnen das Fest? Schöner Ring. Haben Sie den in der Stadt gekauft? Schönes Tier. Wie kommen Sie zu einer solch seltenen Rasse? Ruhig und gelassen bleiben, nicht aufdringlich oder aggressiv werden. Jeder Einstieg in ein Gespräch ist zumindest eines: ein Anfang.

Natürlich wäre es entsetzlich, wenn dieser Mensch Ihnen eine Abfuhr erteilt. Das können Sie aber im voraus nicht wissen. Außerdem ist das egal. Er war einfach schlecht drauf. Ist überhaupt nicht so toll gesprächig. Hatte keine Lust auf einen Kontakt. Vielleicht lag es auch an Ihnen, vielleicht fand er Sie uninteressant. Das sind Sie vielleicht für ihn – aber mit Sicherheit nicht auch für alle anderen.

Natürlich wäre es entsetzlich, wenn Sie rot werden oder urplötzlich stottern. Kann passieren, bei der Aufregung. Eine ganz normale Reaktion. Sie sind eben noch unsicher, und das kann dieser Mensch ruhig merken. Vielleicht macht es ihm ja trotzdem Spaß, sich mit Ihnen zu unterhalten.

Und was, wenn Sie nicht mehr weiter wissen? Erst ein Gespräch beginnen und dann – wie peinlich – steckenbleiben? Sie können, kein Mensch kann im voraus wissen, wie sich ein Gespräch mit fremden Menschen entwickelt. Ob Sie sich etwas zu sagen haben. Oder eben nicht. Sie geben den Anstoß. Nicht mehr, aber auch nicht weniger. Ob sich daraus ein angeregtes Gespräch entwickelt oder der Versuch schon beim dritten Satz im Sande verläuft, dafür sind dann beide verantwortlich. Pech, wenn er denkt, ich hätte zu wenig Wissen für ihn. Mein Angebot ist ein Versuch, ein Experiment. Nur so kann ich mit vielen Menschen ins Gespräch kommen und einige von ihnen näher kennenlernen.

Der erste Schritt ist gemacht. Die erste Hürde genommen. Womöglich schon ein Volltreffer gelandet. Das Schöne daran: Wir können ohne großen Aufwand üben. Hier und jetzt. Das Trainingsmotto: jeden Tag ein neuer Kontakt.

Wir können unsere Nachbarn freundlich grüßen. Mit ihnen über den neuen Marktplatzbrunnen diskutieren und natürlich ihre Meinung teilen. Und sie das nächste Mal vielleicht bitten, ob sie nicht die Zeitung aus dem

Briefkasten nehmen könnten, wenn wir eine Woche zu unseren Eltern fahren.

Wir können Fremde anlächeln. Im Auto den Fußgänger an der Ampel, durch die Straßenbahnscheibe einen Fensterputzer. Erstmal Menschen, zu denen wir einen gewissen Abstand haben. Später dann den Briefträger, der uns entgegenkommt. Oder die Kassiererin im Supermarkt. Diese Leute in ein kurzes Gespräch verwickeln. Nach dem Weg fragen. Fragen, ob sie Geld wechseln können. Einen schönen Feierabend wünschen. Ihnen wegen irgendetwas ein Kompliment machen. Sie staunen im ersten Moment möglicherweise über Ihren Vorstoß – aber antworten werden sie sicher.

Bieten Sie Ihre Hilfe an. Am Fahrkartenschalter, einer Mutter mit Kinderwagen. Führen Sie Gespräche mit dem Tankwart über Ihre Einspritzpumpe, mit der Besitzerin Ihrer Parfümerie über Unisex-Düfte, mit der Landtagsabgeordneten auf dem Marktplatz über horrende Müllgebühren. Menschen in diesen unterschiedlichen öffentlichen Kontexten führen ständig Gespräche mit allen möglichen Leuten und sind es gewohnt, bis zu einem gewissen Maß auf andere einzugehen.

Nach und nach vergrößern Sie Ihr soziales Netz. Der kurze Plausch mit dem Postboten ist bald Gewohnheit und der Nachbarin bringen Sie ab und zu die Post mit nach oben. In Gesprächen werden Sie mehr und mehr zur aktiven Zuhörerin, Sie intensivieren den gegenseitigen Austausch und geben allmählich auch Persönliches preis. Es lohnt sich. Meistens. Klatschmäuler, Neider und Jammerlappen entlarven Sie schnell. Es nervt einfach, sich ständig über die neue Frisur von diesem oder jener auslassen zu müssen. Es nervt auch, dass Sie sich selbst immer schlechter verkaufen müssen, nur weil Ihnen keiner Ihre Beförderung gönnt. Und es nervt, permanent für das Selbstwertgefühl anderer Leute zuständig zu sein, ihnen zum xten Mal zu versichern, dass sie genau richtig sind – nicht zu groß, nicht zu klein.

Sie kennen immer noch keine neuen Menschen? Sie haben wieder kein Gespräch angefangen? Wieder eine Gelegenheit verpasst? Sie sind mutlos? Ärgerlich? Haben keine Kraft mehr?

Keine Panik. Kein Fußballer muss ein Tor schießen. Schon gar nicht in jedem Spiel. Jetzt nur nicht aufgeben. Keine falschen Prophezeiungen. Kein Selbstmitleid. Finden Sie heraus, was los war. Erarbeiten Sie Alternativen. Überlegen Sie, wie Sie es in Zukunft besser anstellen werden. Jeder Tag bietet eine neue Chance. Auch wenn Sie nicht jede Verabredung oder jeden neuen Versuch genießen können, empfinden Sie diesen ganzen Vormarsch als angenehm. Denn er erinnert Sie daran, dass Sie eine interessante Person sind. Und Ihre Suche nach neuen Menschen eine aufregende und bereichernde Zeit in Ihrem Leben ist. Genießen Sie das. Und: keinen Stress.

Der erste Satz.
Wenn Blicke wichtiger sind als Worte

Wie schön er ist, denkt sie. Aber wie erobere ich ihn? Gibt es Regeln? Oder machen wir von Anfang an alles falsch? Der erste Satz ist ein blinder Fleck. Wir wissen es nicht. Was beim ersten Zusammentreffen passiert, ist unvorhersehbar.

Stumm wie ein Fisch? Macht nichts. Bei der ersten Begegnung sind Blicke wichtiger als Worte. Der Geruch. Eine Geste. Wenn das ankommt und wir uns erkennen, obwohl wir uns noch nie gesehen haben, dann ist es möglich, alles zu sagen, Blindtext.

Also lohnt es sich wirklich nicht, nach dem idealen Gesprächseinstieg zu suchen? Zu Ihrer Beruhigung: Es gibt ihn nicht. Es ist sogar ziemlich egal, was Sie am Anfang sagen. Die wichtigen Worte kommen erst später, angeblich wenn man 70 Tage zusammen in Indien war. Signalisieren Sie lieber: Ich bin jetzt da. Ich habe für einen Augenblick deine Aufmerksamkeit. Ich habe eine Chance.

Für einen Augenblick. Durch einen gegenseitigen Blick verständigen wir uns und schaffen Klarheit. Wir sind bereit. Gesprächsbereit. Noch kein Wort ist gefallen, kein Satz gesagt, aber die Situation definiert. Das Auge ist der Spiegel der Seele.

Boxer, die sich am Tag vor dem Kampf beim Wiegen gegenüberstehen, blicken sich nicht in die Augen. Nie. Keiner will etwas von seiner psychischen Verfassung preisgeben. Wir sind auch nicht anders: Im Aufzug fixieren wir unsere Schuhe, die Aktenkoffer der anderen, die Stockwerkanzeige. Bloß niemandem in die Augen schauen. Wir sind wie Sardinen in einer Büchse. Und jeder Blick offenbart einen Hauch von Lüsternheit. Wir wollen nichts damit zu tun haben.

Wenn es Blicke nicht gäbe; der ganze Verkehr der Menschen, ihr Sich-verstehen und Sich-zurückweisen, ihre Intimität und ihre Kühle, würde in unausrechenbarer Weise geändert. Die Sprache der Augen als Vehikel und Ritual, als Bitte: Ich will eine Begegnung. Ich will dir die Augen öffnen.

Unsere Mimik ist das Gebärden- und Minenspiel unseres Gesichts, so drücken wir unser eigenes seelisches Erleben aus. Die Nase ist geometrischer Mittelpunkt des Gesichts, Bewegungen der Hautmuskeln laufen über die oberste Stirnlinie bis zum tiefsten Punkt unseres Kinns. Untersuchungen haben gezeigt, dass Frauen wie Männer Menschen, die für ein Gespräch in Frage kommen, immer zuerst ins Gesicht und besonders auf die Augen schauen. Erst dann schweifen wir ab: Körpergröße, Hände. Brüste und Po. Blickkontakt schafft Vertrauen.

Physikalisch betrachtet sind unsere Augen so ausgerichtet, dass wir nur einen einzigen Punkt fixieren, einem anderen Menschen also nicht in beide Augen gleichzeitig schauen können. In welches wir tatsächlich blicken, ist ziemlich egal: Letztlich kann unser Gegenüber schon aus einer Distanz von etwa einem halben Meter nicht mehr genau ausmachen, wohin wir blicken: auf die Nasenspitze, auf die Wange, ins linke oder rechte Auge? Hauptsache ins Gesicht. Und bloß nicht zwischen die Augen. Jäger zielen beim Wild auf diese Stelle, weil die Tiere dort am verwundbarsten sind. Blattschuss. Wir kennen den Spruch: Wenn Blicke töten könnten.

Die Muskeln um die Augenpartie, wie wir unsere Nackenmuskeln halten und wie groß unsere Pupillen sind bestimmt unseren Ausdruck in den Augen. Große Pupillen oder kleine, das hängt nicht nur von den Lichtverhältnissen ab. Geht es uns schlecht, sind wir angespannt oder müde, verkleinern sie sich. Sehen wir Menschen, die uns sympathisch sind, weiten sich die Pupillen. Ein Lächeln verstärkt unseren Gesichtsausdruck, verringert Distanz, denn wir verstehen es allgemein als Aufforderung und Zustimmung. Wir öffnen nicht nur unseren Mund. Wir öffnen uns selbst.

Meistens wissen wir nach zwei bis vier Sekunden, wer uns da gegenübersteht. Wir haben einen Eindruck. Nach vier Sekunden fragt sich der andere dann, »was glotzt die so?« Und wenn wir jemandem keine zwei Sekunden in die Augen blicken, bedeutet das nur eines:

nichts. Interessiert uns nicht. Unsympathisch. Was immer. Klar: Je länger unser Kontakt mit diesem anderen Menschen bereits dauert, desto länger blicken wir uns offen an.

Keinesfalls aus den Augen lassen sollten wir unseren Gesprächspartner, wenn er uns gerade etwas anvertraut. Unhöflich! Sprechen wir selbst, müssen wir unseren Blick dagegen immer mal kurz abwenden. Um dann unser Gegenüber wieder fest ins Visier zu nehmen. Wir setzen andere so nicht unter Druck, fordern trotzdem ihre Aufmerksamkeit immer wieder aufs Neue und halten die Spannung im Gespräch.

Egal, was wir sagen: Wichtig ist, wie wir es sagen. Jedes unglaublich interessante und wahnsinnig geistreiche Gespräch langweilt – wenn wir unsere Rede monoton herunterleiern und keiner unseren Gesprächsfluss bremsen kann. Kleine Pausen machen – ganz bewusst, auch an ungewöhnlichen Stellen im Satz. Worte betonen. Und wichtige Punkte herausstreichen, indem wir unsere Stimme mal heben, mal senken.

Ob wir hohe oder tiefe Töne mit unserer Stimme erzeugen, hängt davon ab, wie gespannt und wie lang unsere Stimmbänder sind. Diese schließen beim Sprechen und dem Erklingen unserer Stimme bis auf einen engen Spalt; und je besser es uns geht, desto voller, ausgeprägter und klarer ist unsere Stimme. Sind wir unsicher, sprechen wir sehr leise und mit belegter Stimme. Unser Unterbewusstsein hofft, dass der andere bloß nicht alles versteht, was wir sagen, denn so ganz davon überzeugt sind wir ja nicht.

Unsere Stimme besitzt eine Schlüsselfunktion. Sie ist Bestandteil unserer Körpersprache und als solcher Spiegel unseres seelischen Befindens. Aber unsere Stimme steht auch in direktem Bezug zu unserer Körperlichkeit.

Wir können uns mit ihr befassen. Sie fordern und fördern. Nuancen einüben. Und kräftigen, überall, wo wir uns allein fühlen: am Strand. Im Wald. Zu Hause. Ein Schrei, und ein zweiter, ein dritter vielleicht – das wirkt.

Die Kunst des Small talk.
Von Floskeln und Phrasen

Langsam angehen. Respekt zeigen. Wie gesagt: Es gibt nicht den idealen Einstieg in ein Gespräch. Das Wetter. Die Steuerreform. Ihre Schuhgröße. Kommt ganz darauf an. Was sind schon Gemeinsamkeiten? Was sind schon Anknüpfungspunkte? Das war der erste Satz. Und wie geht der zweite?

Small talk ist oberflächlich. Banal. Der Ball muss halt ins Rollen kommen. Da geht's nicht um den Krisenstab im Kriegsgebiet oder die Erfindung des Elektronenmikroskops. Es geht um das Naheliegende: Welchen Song spielen die hier gerade? – Ganz schön kalt geworden heute abend. Oder: Ihr Rasen ist so grün. Was ist Ihr Geheimnis?

Sie sind eine richtig brillante Gesprächspartnerin, wenn Sie andere einfach reden lassen. Einfach nur zuhören. Aber nicht einschlafen: Vorlesungen und Monologe langweilen. Gucken Sie dem Dozenten fest und lange in die Augen. Reden Sie los, wenn er Luft holt: »Ich sterbe, wenn ich nicht sofort was zu essen kriege.« Und entschuldigen Sie sich höflich, bevor Sie zum Buffet abhauen. Oder zum Klo.

Dass Sie zuhören, fasziniert andere. Eitelkeit ist Small-Talk-Treibstoff Nummer eins. »Toller Haarschnitt. Der Friseur aus New York?« Konzentrieren Sie sich. Vor allem auf Nebensätze und Nebensächlichkeiten. Die bieten gute Gelegenheit zum Themawechsel.

Bringen Sie sich ein. Keine Lust zum Labern? Reden Sie einfach von sich, nicht von Ihrer jüngsten Steuererklärung. Oder der Gallenoperation Ihrer Mutter. Nennen Sie Ihren Namen nicht gleich zu Anfang, lassen Sie ihn später einfliegen: »Ich bin übrigens Sophie – und Sie?« Beginnen Sie Sätze mit Ich, nicht mit man. Vermeiden Sie Floskeln. Ständig alle »Wie geht's?« zu fragen, macht Sie unglaubwürdig. Und provoziert neue Floskeln: »Ganz gut.« Erzählen Sie lieber, was Sie sich heute Gutes gegönnt haben. Leute mögen Leute, die sich wohlfühlen.

Bleiben Sie in Bewegung. Haben Sie keine Skrupel, auch mal jemanden stehenzulassen. Sie wollen doch nicht am Ende der Party noch mit dem selben Typen quatschen. Sagen Sie, was Sie denken: »Mir ist es hier zu laut. Gehen wir an die Bar?« Und kommen Sie ruhig auch mal ohne Umschweife auf den Punkt: »Sie sehen klasse aus. Gehen wir was trinken?« Komplimente kommen an.

Merke: Intelligenter, witziger Small talk ist bequem. Harmloses Geplauder. Ein Eisbrecher. Nicht mehr. Aber auch nicht weniger. Tiefgang kommt früher oder später von allein. Und Sie kommen nebenbei dazu, Ihr Wissen aufzustocken; wenn Ihr Gesprächspartner ansonsten in Sibirien Frösche beobachtet oder französische Filme produziert oder nautische Instrumente wartet. Wenn Sie da was nicht kapieren, fragen Sie nach. Interesse macht sympathisch.

Lunte gerochen? Gemeinsame Basis vorhanden? Intensivieren Sie das Gespräch. Stellen Sie mal geschlossene Fragen (solche, auf die man nur mit ja oder nein antwortet), um Fakten herauszukitzeln. Mal offene, um das Gespräch in Gang zu halten. Fordern Sie Antworten heraus. Fragen Sie nach Erklärungen, ermuntern Sie auch mal zu längeren Ausführungen. Fragen zu stellen heißt, das Geschehen in der Hand zu haben. Sie diktieren. Signalisieren Sie immer wieder Interesse am anderen, denn nichts ist langweiliger als jemand, der ohne Gespür für Situation und Wünsche des anderen vor sich hinbrabbelt.

Tragen Sie selbst zur Unterhaltung bei. Bereiten Sie irgendein Ereignis packend auf (nicht Ihre Einschulung). Überlegen Sie sich mögliche Themen bereits in aller Ruhe zu Hause. Bleiben Sie auf dem Laufenden: tagesaktuelle Ereignisse, die englische Königsfamilie, der neue Bestseller – prima Themen und manchmal abendfüllend. Lassen Sie ab und zu den Vornamen des anderen einfließen, sprechen Sie ihn auf Ereignisse an, die ihn stolz machen. Achten Sie auch auf Äußerlichkeiten – Kleidung, Auto. Das sind Zusatzinformationen. Und gute Anknüpfungspunkte. Fragen Sie um Rat: »Ich will mir einen Sportwagen kaufen, weiß aber nicht, welchen.« Macht angeblich jeden Mann glücklich.

Beim Abschied entscheidet sich: War's das? Oder sehen Sie sich wieder? Es liegt an Ihnen. Teilen Sie mit, was Sie nächsten Samstag vorhaben. Ort und Uhrzeit. Fragen Sie, ob Ihr Gesprächspartner nicht Lust hat, mitzukommen. Oder laden Sie ihn für den nächsten Tag auf einen Kaffee ein, nicht gleich zum Acht-Gänge-Menü.

Lassen Sie nichts anbrennen. Werden Sie selbst aktiv, wenn Sie diesen Menschen wiedersehen wollen und er keine Anstalten macht. Geben Sie ihm Ihre Telefonnummer. Oder verlangen Sie seine. Ein Small talk stellt oft bereits die Weichen für eine Freundschaft oder Beziehung. Wie auch immer: Seien Sie ehrlich. Seien Sie riskant. Und haben Sie vor allem Spaß dabei. Der Abend lohnt sich in jedem Fall.

Körpersprache. Von der Macht der Gesten

Alles könnte Bedeutung haben. Oder auch nicht. Dieser Zeigefinger, der eine Haarsträhne nach der anderen aufdreht wie ein Lockenwickler. Der Daumen quer über dem Mund – wie ein Heftpflaster. Wo, um Himmels willen, sollen wir hin mit unseren Händen? Und erst den Armen. Die kommen uns vor wie die der Affen im Zoo. Unsere schleifen auch beinahe am Boden. Sind überall. Und überall im Weg. Wo die bloß unterkriegen? Hände in die Hosentaschen? Kleider haben keine. Arme verschränken vor der Brust? Dann sind wir abweisend, distanziert, unsicher. Vorm Bauch die Hände falten? Bisschen bieder. Hinterm Rücken? Zu militärisch.

Geben wir unseren Händen etwas in die Hand. Ein Glas zum Beispiel. Einen Fächer. Eine Zigarette. Erstmal festhalten. Ein Arm ist angewinkelt und damit aus dem Weg, und der andere kommt uns plötzlich schon gar nicht mehr so überdimensional vor. Praktisch: Mit einem Glas können wir auf einer Party quer durch den Raum unser Interesse an einem Zusammentreffen signalisieren: ein kurzer Blickkontakt, ein kurzes Zuprosten, ein Lächeln und der Weg ist frei.

Wenn nirgendwo ein Glas zur Hand ist, können wir uns auch am Riemen unserer Umhängetasche festhalten; an einer Handtasche auch, das wirkt nicht ganz so verkrampft.

Im Laufe des Abends oder der Unterhaltung können wir diese Utensilien getrost vergessen. Und stattdessen entspannt und ganz bewusst und gezielt unsere Hände einsetzen. Mit ihnen unterstreichen wir, was wir eben gesagt haben und damit auf legitime Art und Weise unsere Persönlichkeit. Mit den Händen zu sprechen bedeutet, die Unterhaltung zu beleben.

Wildes Gestikulieren ist damit nicht gemeint. Wir wollen andere im wahrsten Wortsinn nicht vor den Kopf stoßen. Deshalb lassen wir unsere Hände im Bereich zwischen Nabel und Hals. Oder streichen uns mit den Fingern gelegentlich eine Haarsträhne hinters Ohr. Wer seine Hand zur Nase fährt, wissen Meister der Körpersprache, will den richtigen Riecher bekommen. Und der ausgestreckte Zeigefinger wirkt belehrend, drohend, strafend.

Wir können vieles über die Wirkung dieser Gesten und nonverbalen Signale nachlesen, uns selbst beobachten und auch wie unser Gegenüber auf unsere Gebärdensprache reagiert. Geht er tatsächlich auf Abstand, wenn wir die Beine verschränken und uns mit dem Oberkörper von ihm abwenden? Ist ihm wirklich klar, dass wir das Gespräch beenden wollen, wenn wir unsere Fußspitzen Richtung Ausgang drehen? Ist ihm unsere Hilflosigkeit bewusst, wenn wir verstört mit den Armen rudern, weil wir nicht mehr weiterkommen? Kapiert er, dass wir auf ein inniges Verhältnis aus sind, weil wir ihm unsere Handinnenflächen darbieten?

Mit einiger Übung können wir diese Signale bewusst einsetzen. Und die anderer deuten und verstehen. In Sekundenbruchteilen. Signal setzen. Gegensignal empfangen. Warum gefällt mir dieser Mensch? Warum nicht? Wenn wir vor einiger Zeit noch froh waren, dass in der Kneipe ein Bartresen unsere Haltung im doppelten Sinn unterstützt, bewegen wir uns irgendwann vielleicht frei im Raum, wie es im Lehrbuch steht: Brust raus. Schultern nach hinten ziehen. Kopf zurücknehmen und den Blick waagerecht nach vorn. Den Hals freigeben. Die verwundbarste Stelle zeigen als Vertrauensbeweis in unser Gegenüber.

Was immer wir mit unseren Armen, Händen, Beinen

und Füßen anstellen – ob wir uns festhalten oder abstützen, verschränken oder öffnen: Alles könnte Bedeutung haben. Oder nicht. Wir müssen uns nur entspannen. Das geht nicht bei jedem Gespräch, das wir führen werden. Und das geht nicht von heute auf morgen. Aber es geht. Wie unsere kleinen Handzeichen gedeutet werden, hängt von allen möglichen Faktoren ab. Ob es Frühling ist oder Winter. Ob wir Mathe studieren und der andere Bäcker ist. Ob wir verliebt sind oder verheiratet. Oder beides.

Hauptsache entspannt. Wenn wir entspannt sind, sehen wir den Wald trotz der Bäume. Wenn wir entspannt sind, deuten und fühlen wir jede Geste, jede Bewegung automatisch. Automatisch richtig.

Könnte nichts bedeuten. Oder alles: In der Pause haben wir ein paar Worte mit unserem Nachbarn gewechselt. Ihn etwas über den Regisseur des Stücks gefragt. Herausgefunden, dass wir an der selben Uni studiert haben. Gelacht. Dann, während des Stücks, bemerken wir seinen Schenkel nah neben unserem, spannen die Muskeln an und fühlen wie seine gespannt sind. Warm ist das und wir registrieren jede Bewegung, die kleinste, Millimeter. Dritter und letzter Akt. Vorhang.

Kapitel 6
Urlaubspartner. Beziehung auf Zeit

»Je näher man beieinander sitzt, desto
schwerer lernt man sich kennen.«

Hermann Hesse

Urlaub machen heißt, Träume zu verwirklichen. Wir verlassen unseren Alltag und leben in Traumwelten. Beschränkungen und Zwänge des täglichen Lebens sind in den Ferien aus ihrem Zusammenhang gerissen: Wenn ich reise, bin ich jemand anderes. Egal, ob wir uns in El Arenal oder inmitten von Zen-Mönchen entspannen – wir wollen Neues erleben. Neues heißt nicht nur fremdes Essen oder andere Sitten. Neues heißt, dass wir unseren Lebensrhythmus verschieben, uns frei fühlen und Grenzen überschreiten – im doppelten Sinn. Was wir erfahren wollen sind imaginäre Welten, die sich uns im Alltag verschließen. Für manche heißt das schlicht: Party machen rund um die Uhr. Andere suchen persönliche Herausforderungen oder den authentischen Genuss abseits touristischer Trampelpfade.

Wir sind nicht wie die anderen. Wir sind stolz auf unsere Individualität. Wir bewegen uns nicht in Herden, Rudeln oder Schwärmen. Wir sind wahre Reisende. Wir beherrschen die Kunst des aufmerksamen Unterwegsseins. Wir suchen und finden Stille, Abstand und Authentizität. Wir sind schlicht allein.

Aber die Reisebranche freut sich, dass es uns gibt. Wir sind ein lukratives Geschäft. Schätzungsweise zwölf

Prozent aller Reisender der alten Bundesländer sind solo unterwegs – dreieinhalb Millionen Menschen insgesamt, die meisten sind um die 30. Und besser bei Kasse als Reisende mit Anhang: In zwei Wochen gibt eine Person, die solo reist, laut Umfrage einer Frauenzeitschrift 2266 Mark aus – Mutter oder Vater mit der Familie je nur 1026. Der Freundeskreis Alleinreisender e.V., Hamburg, hat bei einer Umfrage unter 180 Singles herausgefunden, dass 88 Prozent vor allem stört für Einzelzimmer Aufpreise zahlen zu müssen. Sieben von zehn ärgern sich über fehlende Informationen und Angebote für Einzelreisende. Und 50 Prozent sind darüber unzufrieden, wie sie im Restaurant oder Frühstückszimmer plaziert werden – in der hintersten Ecke.

Keine Lust auf einen Single-Trip? Anzeige schalten. Oder beantworten. Die Vor- und Nachteile: Wenn Sie selbst inserieren, wählen Sie Zeitung oder Zeitschrift bewusst aus. Wer kauft dieses Blatt? Liege ich mit diesen Lesern auf einer Wellenlänge? Teilen wir Interessen? Abwägen: Anzeigen kosten Geld. Je länger der Text, desto teurer das Inserat. Deshalb: kurze Sätze, präzise Angaben machen. Zum Beispiel: »Italien. Kultur und Kochkunst. W., 29, 170, fährt Mitte Mai in die Ewige Stadt. Wer (weibl./männl.) kommt mit?« Besser keine Telefonnummer angeben, wenn die Leitung nicht tagelang blockiert sein soll. In einer Chiffreanzeige bleiben Sie unbekannt und brauchen nur auf die Antwort zu reagieren, die Ihnen zusagt. Sondieren Sie die Zuschriften. Stimmen Hobbys? Vorstellungen von der Reise? Der erste Eindruck vom Foto? Ja? Rufen Sie an und vereinbaren Sie ein Treffen in einem Café. Von dort können Sie sich notfalls mit einer Ausrede verdrücken, falls die Chemie nun gar nicht stimmt.

Auch wenn Sie auf eine Anzeige antworten gilt:

Schon die Wahl des Blattes verrät etwas über die Inserenten. Wenn der Reisepartner in der Anzeige schreibt, dass er Ihre Kosten übernimmt, gehen Sie damit eine Verpflichtung ein. Ob Sie das wollen, müssen Sie entscheiden. Ist eine Postfachadresse oder die Firmennummer angegeben? Könnte ein verheirateter Mann oder eine verheiratete Frau dahinterstecken. Antworten Sie einfach nur auf Anzeigen, die Sie neugierig machen. Schreiben Sie ein paar Zeilen: Wer Sie sind. Wie Sie sich den Urlaub vorstellen. Kommen Sie möglichst schnell auf den Punkt. Interesse geweckt? Bestehen Sie auf ein Treffen vorab, besser sogar mehrere. Und verreisen Sie bloß nie mit Menschen, zu denen Sie keinen Draht haben. Suchen Sie lieber rechtzeitig und geduldig nach jemand anderem – oder der Traum vom Urlaub wird zum Alptraum.

Praktisch: Agenturen, die Kontakte zwischen Gleichgesinnten herstellen. Sie melden sich telefonisch oder schriftlich und fordern Infomaterial und einen Fragebogen an. Den füllen Sie aus und schicken ihn zurück. Sie bezahlen eine Gebühr und erhalten daraufhin eine oder mehrere Adressen von möglichen Reisepartnern oder -partnerinnen, mit denen Sie direkt Kontakt aufnehmen. Die meisten Agenturen führen eine überregionale Kartei. Der Vorteil: mehr Chancen, vermittelt zu werden. Der Nachteil: Sie leben in Hamburg, der Reisepartner unter Umständen in München. Die 800 Kilometer müssen Sie beim ersten Treffen einkalkulieren. Achten Sie außerdem darauf, dass auf den Fragebögen nur die nötigsten Antworten gegeben werden müssen: alles, was für einen gemeinsamen Urlaub wirklich wichtig ist – und nicht für eine gemeinsame Zukunft. Die meisten Agenturen vermitteln Männer und Frauen. Und stehen oft vor dem Problem, dass Männer gern mit Frauen verreisen. Frauen aber auch. Die Alternative: Reisepartnerinnenvermittlungen in Frauenreisebüros, die ausschließlich Kontakte zwischen Frauen herstellen.

Doch auch wenn Sie allein verreisen: Im Urlaub knüpfen wir oft leichter Kontakte als zu Hause. Wir sind entspannter. Und die anderen auch. Und wenn Sie nicht gerade allein das ewige Eis durchqueren wollen, gibt es genug Anlässe, andere Menschen kennenzulernen: Orte und Veranstaltungen sind Treffpunkte gemeinsamer Interessen. In jedem Telefonbuch oder Tourismusbüro erfahren Sie Adressen und Ansprechpartner lokaler Events. Machen Sie aber auch neue Erfahrungen. Besuchen Sie ein Museum, obwohl Sie den ganzen Tag bisher viel lieber am Strand verbracht haben. Besichtigen Sie die Kirche, obwohl Sie immer schon dachten, dass eine Kirche wie die andere ist. Nehmen Sie Ihren Drink an der Beach-Bar, obwohl Ihnen Männer mit Bauch und Badehose eigentlich zuwider sind. Tun Sie das, was Sie zu Hause noch nie gemacht haben. Experimentieren Sie. Sie werden neue Seiten entdecken – an sich selbst und an anderen. Gute Reise!

Städtetouren und Geschäftsreisen

Kaum Zeit für einen längeren Urlaub? Ein Wochenende beruflich unterwegs? Allein in einer fremden Stadt? Spannend! Nirgendwo wird auf so engem Raum so viel geboten. Die Vorbereitung: Infomaterial vom Touristenbüro anfordern. Da ist oft schon das Wichtigste dabei: viele Adressen von Hotels, Pensionen, Museen, Restaurants. Der U-Bahn-Fahrplan. Eine Skizze der Innenstadt.

Ihr Arbeitgeber hat bereits ein Zimmer reserviert? Fordern Sie privat Prospekte an: Wo liegt das Hotel? Welches Viertel? Schauen Sie im Stadtplan nach: Gibt es dort Möglichkeiten auszugehen? Zum Shoppen? Essen zu gehen? Informieren Sie sich über Hausprospekte: welche Kategorie? Welcher Stil? Sie können sich so in aller Ruhe auf dieses Wochenende einstellen. Und notfalls noch umbuchen, falls Ihnen die Unterkunft überhaupt nicht zusagt. Sind Sie privat unterwegs? Ein verlängertes Wochenende? Suchen Sie sich ein Zimmer über die Mitwohnzentrale. Das ist nicht nur meistens günstiger als ein Hotel sondern auch gut, um Anschluss zu finden. Sie haben zwar Ihr eigenes Zimmer, wohnen aber trotzdem nicht allein. Ihre Mitbewohner können Ihnen gute Hinweise fürs Stadtleben geben, die Sie in keinem Insider-Reiseführer finden werden. Und wenn Sie abends nicht ausgehen wollen, fühlen Sie sich in einer Wohnung heimischer als im anonymen Hotelzimmer.

Besorgen Sie sich für Ihren Kurztrip in die fremde Stadt keinen teuren Kunst- und Kultur-Reiseführer. Angesichts der Fülle von Informationen und der detaillierten Beschreibungen wird Ihnen nur schwindelig. Und Sie sind schlicht überfordert: Mehr als zwei, drei Museumsbesuche sind in dieser kurzen Zeit nicht drin. Von jeder Stadt gibt es inzwischen Reiseführer im Miniformat. Praktisch! Und ein guter Überblick über die wichtigsten Adressen der tollsten Sehenswürdigkeiten und die gängigsten Restaurants. Oder kaufen Sie einen Interrail-Reiseführer – auch wenn Sie nicht mit dem Zug durch Europa fahren. Dieses Taschenbuch ist vollgestopft mit allen möglichen Reisetipps. Klasse kompakt und trotzdem informativ sind die Beschreibungen der Städte, dazu eine Menge alternativer Vorschläge zu Hotels, Kneipen, Oasen der Ruhe. Ideal für ein Wochenende, denn länger sind Interrailer nie in einer Stadt. Packen Sie nur Ihre Lieblingsklamotten ein. Nicht nur ausschließlich Praktisches oder besonders Schickes. Sachen, in denen Sie sich einen ganzen Tag lang wohl fühlen. Und für abends den Kuschelbademantel. Kleider schützen in doppeltem Sinn. Kleider machen sicher.

Kaufen Sie sich vor Ort lokale Tageszeitungen oder ein Stadtmagazin. Suchen Sie sich für den Abend eine Veranstaltung aus, die Sie interessiert. Den Vortrag von Professor Marek über skandinavische Nachkriegsliteratur. Eine Modenschau des Designer-Nachwuchses der Akademie. Eine Weinprobe mit Winzern aus dem Friaul. Falls Ihr Terminkalender tagsüber nicht mit geschäftlichen Terminen vollgestopft ist, buchen Sie eine Stadt- oder Hafenrundfahrt. Und haben dabei die Chance, jemanden zu treffen, mit dem Sie weitere touristische Unternehmungen machen können. Hunger? Setzen Sie sich in einem Bistro nicht an einen Tisch, sondern gleich an den Tresen. Dort sitzen schon andere, die solo essen. Das ist erstens kommunikativer. Und zweitens fällt keinem auf, dass Sie allein sind.

Sollte das Ihre Sorge sein: In einer Stadt fallen Sie allein sowieso niemandem auf. Sie müssen keine Kontakte knüpfen, andererseits können Sie das, wenn Sie wollen. Sie treffen überall mit Leuten zusammen. Brauchen nur nach dem Weg zu fragen. Oder können jemandem den Weg erklären. Und keine Angst vor einer Abfuhr. Nirgendwo gibt es so viele Anknüpfungspunkte wie in Großstädten. Die Chance, jemanden zu treffen, der auf gleicher Wellenlänge liegt, ist groß. Hektik, Lärm und lange Wege gehören dazu. Retten Sie sich ins Hotel oder Zimmer, falls Sie Ruhe tanken und die Beine hochlegen wollen. Und fahren Sie nachts einfach grundsätzlich mit dem Taxi. Nehmen Sie Ihre Angst in der fremden Stadt ernst und handeln Sie entsprechend. Tauchen Sie trotzdem ein. Spüren Sie dieses pulsierende Leben. Ein paar Tage nur. Oder immer wieder mal.

Kurztrips und Entspannungstouren

Fahren Sie allein los oder mit jemandem zusammen? Wollen Sie auf dem Land frische Luft tanken oder möchten Sie sich in der Toskana das Kochen beibringen lassen? Falls Sie Begleitung für Ihren Jahresurlaub suchen: Schalten Sie eine Anzeige und checken Sie bei einem solchen Kurztrip, ob die Chemie stimmt. Lieber erst gemeinsam auf dem Bodensee segeln, als gleich Transatlantik.

Informieren Sie sich in Reisebüros über spezielle Angebote der Reiseveranstalter oder besondere Arrangements regionaler Tourismusverbände. Manche Hotels bieten Pauschalarrangements und Schnupperwochen, die nicht nur Übernachtung und Frühstück enthalten, sondern auch geführte Wanderungen, organisierte Radtouren, den Koch- oder Segelkurs. Direkt beim Hotel anfragen oder Prospekte vom örtlichen Verkehrsverein schicken lassen. Der Tipp für Weihnachten, Silvester, Ostern und Pfingsten! Auch Kirchen, Volkshochschulen und Gewerkschaften an Ihrem Urlaubsziel veranstalten regelmäßig Seminare. Redekunst, Raucherentwöhnung, Rituale japanischer Teekultur – dort lernen Sie nicht nur Leute kennen, sondern nebenbei auch was fürs Leben (Anschriften im Anhang).

Volles Programm oder tote Hose? Sie entscheiden selbst: Ein paar Tage allein auf dem Land sind Balsam für die Seele. Ausschlafen. Lange Spaziergänge. Lange Abende. Sie können sieben Bücher lesen. Drei Pullover stricken. Oder sich am zweiten Abend tödlich langweilen. Sie sind selbstbestimmter und mehr auf sich konzentriert als in der Stadt. Ohne Auto unterwegs? Kann sein, dass Sie ewig marschieren müssen, um unter Leute zu kommen. Oder eben Ihren Aktionsradius erheblich einschränken. Kann auch sein, dass im Dorf alle über Sie tratschen – eine Frau allein weckt Neugier und Vorbehalte.

Zugegeben: Klingt nicht danach, als hätten Sie besonders viel Spaß zu erwarten. Trotzdem können ein paar Tage auf dem Land reizvoll sein. Buchen Sie ein Zimmer in einem edlen Landhaus und lassen Sie sich verwöhnen. Und trauen Sie sich: Fahren Sie mit jemandem zusammen. Einer Arbeitskollegin. Dem Fremden von der Anzeige. Lassen Sie sich überraschen: Was ist das für ein Mensch? Komme ich mit dieser Person zurecht? Falls es Ihnen zu intim ist: Buchen Sie zwei Einzelzimmer, auch wenn Sie mit einer Frau verreisen. Und nehmen Sie gemeinsam an einem Kurs, Seminar oder einer Veranstaltungsreihe teil. Sie haben dann auch andere Menschen um sich und kleben nicht nur aneinander.

Der Jahresurlaub

Sie haben sich entschieden, die schönsten Tage des Jahres mit einem Reisepartner verbringen? Zwei Wochen Scherben buddeln in Troja? Drei Wochen nach Teneriffa an den Strand? Oder vier Wochen mit dem Wohnmobil durch die Staaten? Die Vorbereitung: Ziel bestimmen. Anzeige schalten. Reisepartnerin oder -partner kennenlernen. Bedürfnisse abklären. Sie wollen surfen lernen? Alles über die byzantinische Kultur erfahren? Ihnen ist gepflegtes Essen und Trinken wichtiger als Sonnenbräune? Sie würden bei einer Wüstenexpedition gern an Ihre Grenzen kommen? Sprechen Sie über Ihren gemeinsamen Tagesablauf. Und wichtig: über das jeweilige Budget für die Reise. Keiner hat Spaß daran, im Drei-Sterne-Lokal zu sitzen, während der andere nebenan einen Hamburger verdrückt. Kalkulieren Sie ein, dass Sie sich unter Umständen gegenseitig fürchterlich nerven – trotzdem Sie sich vorab ausgiebig beschnuppert und eigentlich auch die gleichen Interessen haben. Sorgen Sie dafür, dass Sie notfalls auch ohne den anderen Ferien machen, zumindest aber allein wieder nach Hause kommen können.

Statt mit nur einem Menschen können Sie auch mit einer Kleingruppe reisen. Hören Sie sich in Ihrer Umgebung um. Unter Nachbarn, Arbeitskollegen. Organisieren Sie gemeinsam ein Ferienhaus. Sie sind so flexibler, als wenn Sie nur zu zweit verreisen. Sie können sich ohne Probleme trennen und sind trotzdem nicht allein. Allerdings steht auch die Gruppe im Zentrum der Reise und Aktivitäten, nicht Umgebung, Land oder Leute. Verplanen Sie nicht den ganzen Urlaub. Aber vielleicht wäre es eine schöne Idee, wenn verschiedene Personen jeweils einen Tag oder Abend gestalten und diesen entsprechend vorbereiten: mit einer Lesung aus Hermann Hesses Reisebeschreibungen. Einem Picknick in den Weinbergen. Einer Führung durch die Renoir-Ausstellung. Macht Spaß! »Experten« in der Gruppe kommen auf ihre Kosten und besondere Ideen bei allen gut an.

Keine Zeit für große Planungen? Niemanden, der Ihre Interessen und Vorstellungen von Urlaub teilt? Dann ist eine organisierte Gruppenreise der wesentlich einfachere oder einzige Weg, Ihr Wunschreiseziel zu besuchen. Entweder, Sie wälzen tonnenweise Kataloge aus dem Reisebüro. Oder Sie buchen eine Leserreise: Schauen Sie zuerst die Blätter durch, die Sie regelmäßig und gern lesen. Lokale Tageszeitungen und Frauen- oder Special-Interest-Magazine bieten immer mal wieder Trips an: Segeltörns, Weinreisen, Heilfastenwochen, Kreuzfahrten usw. Und mit den Mitreisenden haben Sie schon ein Thema: Ihre Lieblingslektüre.

Buchen Sie bei einem kommerziellen Reiseveranstalter, fragen Sie nach der Zusammensetzung der Gruppe: Alter, Berufe, Alleinreisende oder Paare. Teilen Sie Ihre Vorstellungen, Interessen und Bedürfnisse mit und fragen Sie konkret nach Angeboten, die für Sie in Frage kommen. Wer leitet die Reise? Profis? Sprachkundige? Studierende der Volkskunde? Scheuen Sie sich nicht, im Reisebüro nachzuhaken. Sie bezahlen eine Menge Geld für diesen Trip und wollen sich im Urlaub schlicht wohlfühlen. Klären Sie ab, wie flexibel Sie auf dieser Reise sind: Dass alles professionell geregelt ist, ist nur dann von Vorteil, wenn Sie nicht alle angebotenen Programmpunkte unbedingt mitmachen müssen. Gibt man Ihnen unzureichend Auskunft oder haben Sie kein gutes Gefühl, wechseln Sie Veranstalter oder Reisebüro. Es gibt unzählige Pauschalreisen. Und viele sind inzwischen so organisiert, dass Sie manche Tage selbständig gestalten und an anderen Tagen gezielt Angebote in Kleingruppen wahrnehmen können. So zu reisen ist angenehm, bequem und empfehlenswert für Frauen, die sich allein in manchen Kulturen nur mit extremen Einschränkungen bewegen können. Stellen Sie sich aber darauf ein, dass Sie sich auch in einer Gruppe einsam fühlen können. Das gilt ebenso für spezielle Single- oder Frauenreisen. Ein, zwei unangenehme Menschen können Ihnen diese schönsten Tage im Jahr gnadenlos vermiesen. Klingt paradox: Aber der größte Nachteil einer Gruppe ist die Gruppe.

Alternativen für Alleinreisende

Nur zu. Besorgen Sie sich Lektüre über Ihr Wunschziel. Literarische Abhandlungen. Romane. Reiseführer. Spezielle Magazine. Verfolgen Sie in der lokalen Presse, ob nicht zufällig ein Diavortrag über Ihr Reiseland veranstaltet wird. Erkundigen Sie sich bei der Volkshochschule. Oder in Universitätsstädten, wo oft Dia-Vorträge in Hörsälen veranstaltet werden; auch als Nicht-Studentin können Sie sich dort informieren. Sie treffen Interessierte, die Ihnen wertvolle Tipps über das Land oder die Stadt geben. Oder es ergibt sich gleich die Möglichkeit einer gemeinsamen Tour im nächsten Sommer.

Beim Gedanken, erstmal solo aufzubrechen, wird Ihnen mulmig? Machen Sie, bevor Sie länger losziehen, allein einen Tagesausflug in die nähere Umgebung. Finden Sie heraus, was Ihnen Spaß macht. Fahren Sie mit öffentlichen Verkehrsmitteln, nicht mit dem Auto. Steuern Sie ganz bewusst Sehenswürdigkeiten an und mischen Sie sich unter andere Tagestouristen. Ist Ihnen langweilig? Fotografieren Sie. Suchen Sie sich spannende Motive und neue Blickwinkel. Schreiben Sie an einer Feuerstelle Postkarten. Oder Ihren ganz persönlichen Reisebericht. Und erzählen Sie anderen, Sie würden ein Buch schreiben, falls Sie sich beobachtet vorkommen.

Oder fahren Sie für zwei Tage weg. Buchen Sie ein Zimmer in einem Hotel in der Altstadt. Machen Sie sich einen detaillierten Plan für dieses Wochenende. Einkaufsbummel. Museum. Kirche. Konzert am Abend. Gönnen Sie sich einen Schlummertrunk. Schlafen Sie am Sonntag lange, frühstücken Sie auf dem Zimmer und ausgiebig. Besuchen Sie Sehenswürdigkeiten in der näheren Umgebung: den Zoo, das Schloss, die Rodelbahn.

Verreisen Sie bei Ihrem ersten längeren Trip allein besser nicht in ein Land, dessen Sprache Sie nicht oder nur wenig verstehen. Üben Sie zu Hause landläufige Begrüßungsfloskeln ein und Worte wie »bitte« und »danke«. Das ist nicht nur höflich. Diese paar Worte machen Sie selbstsicherer, fremden Menschen sympathisch und öffnen oft Tür und Tor. Sprechen Sie mit Ihrem Maitre d'Hotel, dass er Sie im Restaurant nicht allein an einen Tisch setzt oder an einen mit Paaren, sondern zu zwei Freunden oder Freundinnen oder weiteren Alleinreisenden. Sie wollen selbst herausfinden, wer außer Ihnen allein reist? Kommen Sie morgens als erste zum Frühstück und bleiben Sie, bis abgeräumt wird. Wer gemeinsam reist, kommt auch gemeinsam zum Frühstück – oder gar nicht. In manchen Hotels oder Clubs kümmern sich sogenannte »Guest Relation Officers« um Sie. Diese Gästebetreuer leisten Alleinstehenden während des Essens Gesellschaft und haben gute Tipps für Ihre Freizeitgestaltung.

Nehmen Sie Ihren Aperitif an der Hotelbar. Erzählen Sie dem Barkeeper, dass Sie allein sind und das auch bleiben wollen. Sie haben so einen Komplizen. Und jemanden zum Plaudern gefunden, der sich auskennt in der Szene. Lassen Sie sich von ihm Tipps geben. Wenn Sie ihm klarmachen, dass Sie allein bleiben möchten, schickt er Sie sicher nicht in fiese Baggerschuppen. Gehen Sie trotz Vollpension auch mal allein essen. Japanisch zum Beispiel. Und zelebrieren Sie dieses besondere Mahl. Oder bestellen Sie Ihren Platz im Restaurant schon mittags. Wählen Sie den Tisch, an dem Sie abends gern sitzen möchten. Man kennt Sie dort dann schon. Und Sie haben den Überblick.

Sie fragen sich, was Sie den ganzen Tag allein anstellen sollen? Ist doch praktisch: Nichts ist vorgegeben.

Sie können einfach drauflos planen. Das macht Spaß und Sie fühlen sich nicht mehr ziellos. Stellen Sie sich in den Mittelpunkt. Machen Sie das, wozu Sie sonst nie kommen. Sie haben Zeit. Und verpassen nichts. Schlafen Sie ausgiebig. Liegen Sie am Strand. Gehen Sie zum Markt. Oder in die Sauna. Treten Sie zu Hause einem internationalen Club bei. Dann haben Sie überall auf der Welt Anlaufstellen. Planen Sie vor allem Ihre Abende. Bleiben Sie auch einfach mal im Hotelzimmer – freiwillig und um auszuruhen. Aber bevor Ihnen die Decke auf den Kopf fällt, suchen Sie schon tagsüber nach Restaurants, Sportveranstaltungen oder einer angenehmen Kneipe, wo Sie sich nicht fehl am Platze fühlen.

Ein oft unterschätzte Übernachtungsmöglichkeit: Jugendherbergen. Sie bieten inzwischen komfortable Zimmer sowie genießbares Essen und treten sogar als Reiseveranstalter auf. Zum Beispiel: sieben Tage Hongkong für 1885 Mark. Oder fahren Sie für drei Wochen nach Mexico-City, um den Zacatuche-Hasen vor dem Aussterben zu retten. Oder in die Türkei, um dort in Schulen Wasserrohre zu reparieren. Oder nach Berlin, um im ältesten Flussbad einen Spielplatz zu gestalten: Bei Workcamps im In- und Ausland lernen Sie ganz automatisch weltoffene Gleichgesinnte kennen. Und Ihre eigenen Grenzen auch.

Fahren Sie los. Und stressen Sie sich nicht. Wenn Sie am zweiten Tag die Krise kriegen und am liebsten wieder nach Hause wollen, lesen Sie im Bett oder sehen Sie fern. Machen Sie, wozu Sie keine Energie aufwenden müssen. Räumen Sie Ihren Koffer aus, richten Sie sich ein. Bücher auf den Nachttisch, eine Kerze, die Sie von zu Hause mitgebracht haben. Breiten Sie sich aus. Gehen Sie zum Friseur, wenn Sie das entspannt. Lassen Sie sich massieren. Und fahren Sie möglichst nicht in der

Hochsaison: Das Personal ist hektisch und schlecht gelaunt, keiner nimmt sich Zeit für Sie. Die Preise sind überhöht. Und Sie werden nur Familien treffen.

Führen Sie ein Reisetagebuch. Schreiben Sie sich Ihren Frust von der Seele. Halten Sie Ihre Erlebnisse fest. Sammeln Sie Eindrücke und sammeln Sie sich. Auf Menschen treffen Sie von allein. Schöne Ferien!

➤ Hitliste:

Wo Sie besser allein hinfahren sollten. Und vielleicht auch allein bleiben, wenn Sie unbedingt wollen. Einige völlig subjektive Vorschläge für den Trip zum Trotz.

1. Ins Hotel Fakkelgaarden. Das liegt in Kollund. Und Kollund liegt in Dänemark, direkt an der Flensburger Förde. Klasse Blick, klasse Zimmer. Und zum Frühstück Birchermüsli nach Schweizer Originalrezept. Am Herd steht einer der zehn besten Köche Dänemarks. Warum allein hin? Das »Gourmet-Wochenende« mit einer Übernachtung, Frühstück und Sechsgänge-Menü kostet für eine Person soviel wie sonst eine Übernachtung im Doppelzimmer: 262 Mark. Adresse: Fjordvejen 44, Kollund, DK-6340 Krusa. Tel. 0045-74 67 83 00.

2. Zu fremden Leuten. Wohnungstausch nennt man das. Sie fahren nach Rom, wohnen gleich neben der Spanischen Treppe und teilen sich Dachgarten und Vespa mit Giuseppe. Die Römer machen derweil Urlaub in Altötting und leeren Ihnen Ihren Briefkasten. Warum allein hinfahren? Weil Giuseppe mit Ihnen Dachgarten und Vespa teilt. Infos über Intervac Deutschland, Helge Günzler, Tel. 0711/754 60 69. Fax 754 28 31.

3. Nach Tassajara. Dem Ort der inneren Einkehr. Ein buddhistisches Kloster in Kalifornien. Genießen, dabei Pfunde verlieren und neue Energie und Lebensfreude tanken. Warum allein fahren? Kein Strom, kein heißes Wasser, weder Radio noch Fernseher und zum Frühstück warmes Reismehl mit frischen Pfirsichen. Das nennt man Selbsterfahrung. Info über: Tassajara Zen Mountain Center, 300 Page Street, San Francisco, CA 92102, Tel. 001-415/431 37 71.

4. Auf eine Farm in Neuseeland. Vier Stunden täglich Tiere füttern, Obst ernten oder Holz hacken. Dafür nichts für Unterkunft und Verpflegung zahlen. Auf 180 Farmen vom kleinen Obstbauernhof bis zum Schafzüchter mit 10 000 Hektar Weideland. Warum allein fahren? Weil andere im Urlaub nicht arbeiten. Infos bei Free Helpers in New Zealand, Warwick and Heather Grady, Kumeroa Lodge, RD 1 Woodville, Neuseeland Tel. 006-46/376 45 82

5. Nach Heidelberg. Laut Umfrage der Frauenzeitschrift *Amica* die frauenfreundlichste Stadt Deutschlands. Unter anderem auch toll zum Shoppen. Und mit einer Bürgermeisterin. Warum allein hinfahren? Weil wir auch mal unter uns bleiben wollen. Touristinfo am Bahnhof: 06221/1 94 33.

6. Nach Göttingen. Gleiche Umfrage, gleiche Plazierung, anderes Thema: Erotik. In Göttingen heiratet man nicht nur am liebsten. Es gibt auch reichlich Männer. 956 kommen auf 1000 Frauen, in Würzburg sind es immerhin 100 weniger. Warum allein hinfahren? Weil wir nicht immer unter uns bleiben wollen. Verkehrsverein Göttingen Tel. 0551/5 40 00.

7. Aufs Gut Almerfeld. Ein Haus der Stille. Seit 17 Jahren in den Händen der Franziskaner und von zwei Geistlichen bewohnt. Für zwei Stunden tägliche Arbeit in Garten oder Küche Kost und Logis frei. Ansonsten Ruhe, Ruhe, Ruhe. Warum allein fahren? Weil manchen die Stille den Atem nimmt. Buchen über: Haus der Stille Almerfeld, 59929 Brilon-Ratlinghausen, Tel. 02964/6 97.

8. Nach Nürnberg. Nichts für feine Nasen: das Knoblauchfest, vier Tage im August. Aber ein Festival der Sinne. Warum allein fahren? Weil der hebräische Talmund Knofel als Aphrodisiakum empfahl. Infos: Festbüro Tel. 0911/34 57 57.

9. Nach Wertheim. Auf »Kuscheltour«. Vier Tage unterwegs, 110 Kilometer von und nach Wertheim. Der Gipfel der Romantik: ein gemeinsames »Roßäppelessen«. Die Anbandeltour ist auf dem Mist des Tourismusverband Franken gewachsen. Warum allein fahren? Weil der Verband denen ein Verwöhnwochenende spendiert, die sich beim Wandern in die Arme laufen. Auskünfte unter Tel. 09342/10 66.

10. Zu Jim Haynes. Ein Amerikaner in Paris. Er kocht immer wieder sonntags. Für Freunde und Wildfremde. Für Studenten aus Helsinki und die Blues-Sängerin von nebenan, den Filmemacher aus New York und den Pianisten aus Warschau. Die Dinnerparty ist privat, Jim macht keine Reklame. Warum allein fahren? Weil das ein Geheimtipp ist. Am Vortag ab zehn Uhr anrufen. Jim setzt den Namen auf die Gästeliste. Adresse: 83, Rue de la Tombe Issoire, F-75014 Paris, Tel. 0033-1/43 27 17 67.

Aktivitäten und Aktivisten: Der Freundeskreis Alleinreisender e.V. vertritt seit 1987 die Interessen von Einzelurlaubern und versteht sich als Mittler zwischen Alleinreisenden und der Tourismusbranche, verhandelt mit Hotels über spezielle Single-Angebote. Der Verein veranstaltet Seminare, fördert Kontakte Alleinreisender untereinander, beispielsweise an Wochenendveranstaltungen, gibt Untersuchungen in Auftrag und führt selbst umfangreiche Erhebungen durch: Wie sieht das Wunschhotel Alleinreisender aus? Wie setzt sich deren Altersstruktur zusammen? Die Organisation gibt eine kleine Broschüre heraus, stellt darin Angebote vor, vermittelt Reisepartnerinnen und -partner, bietet selbst Reisen an. Kosten: 80 Mark im Jahr.

Infos über Freundeskreis Alleinreisender e.V., Droysenstraße 12, 22605 Hamburg. Tel. 040/880 74 21, Fax 881 16 62.

Buchtipps:

- Barbara Spalinger: »Allein unterwegs?« Kreuz-Verlag, 19,80 Mark. Tipps für Frauen, die reisen wollen. Allein, zu zweit, in Gruppen. Von Aktivurlaub bis Zurückreisen: viele Infos, Sicherheitstipps und Adressen.
- »Frauenorte überall«. Herausgeberinnen: Frauen unterwegs – Frauen Reisen. Rotation Verlag, 29 Mark. Ein Reisehandbuch für Frauen, die am liebsten unter sich sind. 300 Seiten stark. Adressen und Beschrei-

bungen von über 150 Frauenhotels und -pensionen in 20 europäischen Ländern, Reiseveranstalterinnen und Buchtipps zum Thema Frauen und Reisen, Szene-Tipps.

- Axel Thorer, Reinhard Haas, Dagmar Gehm: »Reisen wie die Profis«. 1000 clevere Tipps und Tricks. Econ, 29,80 Mark. Witzig bis abwegig! Informativ – mit Extrateil für Frauen.
- Ulrike Ladwig, Karsta Neuhaus: »Euroflirt«. Ideen, Tipps und Sprüche zum Flirten in fünf Sprachen. I.L.T.-Europa-Verlag, 13,80 Mark. Der Annäherungsführer: »Ho due biglietti per uno spettacolo di lotta e mi piacerebbe invitarLa. Ha tempo di venire?« Sagt man in Italien. »Tiens la misma sonrisa que Tom Cruise.« Sagt man in Spanien. Landestypische und originelle Floskeln für jede Situation. Komplimente und Abgänger. Also von wegen »To me or to you?«

Kapitel 7
Nie mehr allein?
Wie aus zufälligen Kontakten
Bekannte werden

»Jede neue bedeutende Bekanntschaft zerlegt uns und setzt uns neu zusammen.«

Hugo von Hofmannsthal

Ah ja. Sie arbeiten in einer Boutique. Meine Freundin ist zufällig Dozentin an der Akademie für Mode. Und nächsten Samstag stellen ihre Schüler die Abschlussarbeiten vor. Interessante Kollektionen. Schauen Sie doch vorbei. Sagt die Frau. 20 Uhr. Eingang Poststrasse. Das war's. Das ist es. Eine Einladung. Von einem wildfremden Menschen. Diese Frau haben wir vorher noch nie gesehen. Und eigentlich ist sie uns bei dieser Einweihungsparty im Stockwerk drüber erst gar nicht aufgefallen.

Und dann ging's um die gefüllten Tomaten. Die hatte sie mitgebracht. Neues Rezept, erzählte diese Frau gerade der Gastgeberin. Schmeckt klasse. Echt! Sagten wir zu ihr. Denn wir lieben diese gefüllten Tomaten. Kennen Sie noch nicht dieses Kochbuch, das neue von der Marianne Kaltenbach? Fragt sie. Nein, sagen wir, und erzählen, dass wir diesen Hauch Knoblauch ganz besonders mögen, nicht zuviel, nicht zuwenig. Und dass die italienische Küche überhaupt die unsere ist. Dass wir eigentlich alles an Italien schätzen: die Menschen. Die Mode. Dass wir samstags in einer kleinen Boutique aushelfen. Und schon ganz gespannt sind auf die neuen Farben im Herbst. Die Einladung zur Modenschau nehmen wir später gern an. Ein entscheidender Schritt. Das erste Gespräch hat Eindruck gemacht. Und das nächste Treffen wird nicht mehr zufällig sein.

Kontakt knüpfen. Wir sprechen mit einem Menschen und fühlen uns wohl in seiner Gegenwart. Automatisch passen wir uns an, orientieren uns an nonverbalen Signalen, an seiner Körperhaltung, der Lautstärke, in der er spricht. Wir können das bewusst einsetzen: selbst leise sprechen, wenn unser Gegenüber leise spricht. Eine ähnliche Körperhaltung einnehmen. Ihn nicht imitieren und uns nicht verleugnen, sondern Gemeinsamkeiten schaffen, die signalisieren, dass wir den anderen akzeptieren und Vertrauen wecken. Gegenseitig entdecken wir Einstellungen, Interessen, Wertvorstellungen – Informationen, die das Gespräch weiter steuern und anhand derer wir entscheiden, welche Beziehung uns zu diesem Menschen möglich ist.

Wenn wir uns nicht einbringen, uns nicht öffnen, sondern immer nur Fragen stellen, glauben andere, wir führten mit ihnen ein Interview. Keine gute Basis für ein intensives Gespräch. Wir müssen stattdessen Ansichten preisgeben, Gefühle zeigen. Und gehen damit natürlich ein Risiko ein: Andere könnten unsere Schwächen ausnützen, uns ablehnen oder auslachen. Aber wir haben es in der Hand. Selten enthüllt der eine mehr von sich als der andere. Je mehr wir von uns zeigen, desto mehr entblättert sich der andere. Nennen wir irgendwann unseren Vornamen und bitten um den des anderen. Stellen wir Fragen und bringen wir die Antwort mit unseren eigenen Erfahrungen, unserem Wissen in Zusammenhang. Und geben wir dem anderen so Gelegenheit, mehr über uns wissen zu wollen.

Keine Angst: Begrüßungen sind immer Gemeinplätze. Rituale, gewohnte Handlungen, die sich eingeschliffen haben und deshalb immer schnell gelangweilt wir-

ken können. Auch die Antwort: »Gut« auf »Wie geht's?«
hat keinerlei Informationsgehalt, ist manchmal schlicht
eine Lüge. Interessant wird das Gespräch dann, wenn
Fakten ins Spiel kommen. Alter. Beruf. Wohnort. Schon
diese elementaren Dinge entscheiden, ob es genügend
Gemeinsamkeiten gibt, die eine Beziehung vertiefen
könnten. Interesse? Der erste Eindruck ist positiv? Wer
wissen will, was für ein Mensch wir sind, möchte jetzt
unsere Meinung kennenlernen. Unsere Ansichten über
den Börsencrash an der Wall Street, über Claudia Schif-
fers Beziehung zu David Copperfield, über den Kanzler-
kandidaten der Opposition. Unsere Meinung vermittelt
ein Bild unserer Persönlichkeit. Anregend: Jeder sieht
die Dinge aus seiner Perspektive. Unterschiedliche Auffassungen herauszukitzeln ist informativ und spannend.
Kommentieren wir unsere Ansichten! Gefühle spiegeln
unsere persönlichen Reaktionen auf Ereignisse wider.
Gefühle geben den tiefsten Einblick in unsere Wesen.
Gefühle auszudrücken und nicht hinunterzuschlucken,
ist entscheidend für unser seelisches Gleichgewicht und
körperliches Wohlbefinden. Und: Andere können unsere
Emotionen nur beachten und berücksichtigen, wenn wir
sie ihnen mitgeteilt haben.

Interessieren wir diese anderen für uns. Machen wir
sie neugierig. Fesseln wir sie mit unseren Erzählungen.
Sagen wir nicht bloß: Am Freitag hatten wir Angst. Be-
schreiben wir diesen Zustand: Am Freitag zitterten uns
ganz schön die Knie. Wir hatten richtig feuchte Hände,
als wir zum Chef gerufen wurden. Lebendig zu erzählen
heißt nicht, maßlos zu übertreiben. Oder nur positive
Seiten herauszukehren. Ein derart konstruiertes, perfek-
tes Ich macht nur Probleme: Entweder werden wir
gleich abgebürstet, weil uns andere erst gar nicht glauben. Oder sie finden dieses Konstrukt tatsächlich anzie-

hend und wir müssen künftig vorsichtig sein, um uns nicht zu entlarven. Nicht gerade entspannend.

Ecken und Kanten und skurrile Eigenschaften gehören zu uns und machen uns nicht weniger liebenswert. Hauptsache, wir thematisieren sie, stehen dazu und zeigen, dass wir uns damit auseinandersetzen und uns somit auch distanzierter sehen können. Das macht uns interessant. Ein bisschen schummeln wir anfangs ja doch: tun so, als ob wir etwas von Blockheizkraftwerken verstünden. Geben vor, Shakespeare im Original gelesen zu haben. Erzählen, dass wir neulich zufällig einen Vortrag zum Thema Scientology gehört haben. Seien wir ehrlich! Genau: Wir sind eben nicht so konservativ. Nicht so reich. Und nicht an der Gewinnung neuer Energien interessiert. Na und? Pech gehabt. Kein Mensch entspricht in allen Punkten den Vorstellungen anderer Menschen. Niemals. Halten wir uns an die Menschen, die uns so mögen und respektieren, wie wir sind. Bei denen unsere Unwissenheit Interesse weckt. Den meisten macht es Spaß, über Dinge zu sprechen, bei denen sie sich auskennen. Sie fühlen sich wichtig und gebraucht.

Machen wir Komplimente. Direkt und ohne Umschweife. Anerkennung auszusprechen heißt, ein positives Gesprächsklima zu schaffen. Was gefällt uns am anderen? Die Art zu sprechen? Das Verhalten in einer bestimmten Situation? Formulieren wir präzise und ehrlich, nennen wir unsere Gesprächspartner beim Namen: »Frau Steinmann, Ihre Schuhe sind klasse. Haben Sie die in Hamburg gekauft?« Halten wir Blickkontakt und lassen wir unserem Gegenüber die Chance, auf die Frage zu antworten. Unterbrechen wir andere nicht, wenn sie uns ebenfalls ein Kompliment machen. Sagen wir schlicht Danke. Und nehmen wir es an. Auch innerlich. Werten wir es nicht als pure Höflichkeit ab.

Signalisieren wir unsere Bereitschaft, auf andere zu-zugehen. Nicken wir im Gespräch zustimmend mit dem Kopf, halten wir Blickkontakt und kommentieren wir Aussagen mit einem unterstützenden »Hmmm«. Zeigen wir anderen, dass wir uns bemühen, sie zu verstehen. Dass wir sie kennenlernen wollen. Und dass wir ihnen et-was zu bieten haben. Viele beklagen den Mangel an per-sönlicher Nähe. Das sollte uns ermuntern, persönliche Beziehungen aufzubauen und in Kontakt zu bleiben.

Klar, jede Kommunikation ist in gewissem Sinne ris-kant. Klar laufen wir Gefahr, nicht verstanden zu werden. Jedes Zeichen, das wir geben – ein gesprochenes Wort, eine Geste – kann missinterpretiert werden. Signale, die wir aussenden, sind immer abhängig von unserer indivi-duellen und der gemeinsamen Situation. Und ob unser Gegenüber unsere Absicht durchschaut, hängt widerum von dessen eigenen Erfahrungen, Bedürfnissen, Interes-sen und Erwartungen ab. Sprechen wir andere trotzdem an. Ermuntern wir sie zum Reden. Vertrauen wir auf un-sere Fähigkeiten und die der anderen. Investieren wir, wenn wir an der Fortsetzung dieser Beziehung interes-siert sind. Fragen, zuhören, erzählen. Die Spielregeln sind bekannt und mit der Zeit verschaffen wir uns ein Reper-toire an Themen und Tricks. Das macht sicher. Mit jedem Mal wird es einfacher, auf Leute zuzugehen. Unsere ge-samte Ausstrahlung ist offener. Und damit steigen auch noch unsere Chancen, dass andere den ersten Schritt tun.

Gefühle, die wir mit anderen teilen, und auch die Art und Weise, wie wir sie teilen, bestimmen die besondere Qualität unserer Beziehungen. Wenn wir uns auf jeden Menschen unterschiedlich einlassen, werden vielschich-tige Aspekte unserer Persönlichkeit in verschiedenarti-gen Begegnungen zum Leben erweckt. Der wichtigste Aspekt solcher konstruktiven Beziehungen besteht darin, dass unsere Gefühle in Fluss kommen. Und dass sie auf diese Weise fühlbar und verfügbar werden.

Wir brauchen Beziehungen. Diese regelmäßigen sozialen Begegnungen mit bestimmten Personen. Wir brauchen diese Verlässlichkeit. Gesundheit und Lebenszufriedenheit werden von funktionierenden sozialen Beziehungen stärker beeinflusst als von Einkommen, Sozialstatus oder Ausbildung. Wer ist unsere Busenfreundin? Wer sind die Personen, mit denen wir in den letzten sechs Monaten über unsere Beförderung oder Kündigung oder den Tod unserer Großmutter gesprochen haben? Mit wem spielen wir mittwochs immer Tennis? Und wer beaufsichtigt unsere Wohnung, wenn wir im Urlaub sind?

Knüpfen wir ein soziales Netz. Der Knoten ist schon geplatzt. Wir haben eine Einladung. Wir haben sie angenommen. Und wir werden auch eine zweite und dritte annehmen. Wir haben Vertrauen in das Interesse anderer an unserer Person. Wir pflegen Kontakte. Und das ist genial: Als Bekannte gehören wir dazu. Und auch wieder nicht. Wir kommen mit vielen in Berührung, sind aber mit niemandem dauerhaft verbunden, unterliegen keinem Gruppendruck. Wir sind auf keine Rolle festgelegt und können objektiv bleiben. Uns können Geheimnisse anvertraut werden, die Nahestehenden in der Gruppe vielleicht sorgfältig vorenthalten werden. Indem wir aus unserem Leben berichten, wecken wir Sehnsucht und lösen Veränderung aus. Und indem wir von anderen Wertvorstellungen erfahren, überprüfen wir unsere eigenen.

Bekanntschaft heißt, dass zwei Personen sich gegenseitig identifizieren können, dass sie über Informationen verfügen, die sie von anderen Menschen unterscheidet. Schaffen wir diese kleinste, gemeinsame Basis. Eine Bekanntschaft beginnt mit dem Austausch minimaler Höflichkeiten. Manchmal schon mit einem Lächeln.

Alte Kontakte auffrischen?

Greifen Sie zum Telefonhörer! Der Nachbar, der in eine andere Stadt gezogen oder Ihre Cousine, die nach zwei Jahren Paris wieder im Lande ist. Die Leiterin Ihres Spanisch-Kurses, die Ihnen einen Bildband über Barcelona leihen wollte. Rufen Sie an. Und warten Sie nicht, bis bei Ihnen das Telefon klingelt – auch wenn die anderen sagten, sie würden sich demnächst mal bei Ihnen melden. Bringen Sie sich in Erinnerung. Sagen Sie diesen sympathischen Menschen, dass Sie sie gern wiedersehen wollen. Schlagen Sie ein Treffen vor. Und kriegen Sie nicht die Krise, wenn das nicht sofort klappt. Meistens schlicht eine Zeitfrage! Sie haben neulich im Schwimmbad Susanne getroffen? Mit der Sie zusammen im Bio-Kurs waren? Sie haben Adressen und Telefonnummern getauscht? Mit Susanne, inzwischen Mutter von drei Kindern und glücklich mit ihrem neuen Reihenhaus, erzählen Sie sich einen Nachmittag lang, wer mit wem aus dem Jahrgang verheiratet ist und wer nicht und trotzdem aber von dem und dem gerade ein Kind erwartet. Ganz witzig vielleicht. Aber auf Dauer unbefriedigend. Fühlen Sie sich zu solchen Treffen nicht verpflichtet. Der gemeinsame Schulabschluss als Basis reicht nicht immer aus. Investieren Sie Zeit in Beziehungen, die Ihnen persönlich etwas bringen. Auch wenn das berechnend klingt.

Kapitel 8
Wie aus Bekanntschaft
Freundschaft wird

»Bücher sind bessere Freunde als Menschen, denn sie reden nur, wenn wir wollen und schweigen, wenn wir anderes vorhaben. Sie geben immer und fordern nie.«

Freiherr von Münchhausen

»Terry hat Grüße bestellen lassen, aber bei dem Durcheinander in diesen Wochen habe ich ganz vergessen, wer die Grüße von Terry ausgerichtet hat. Nico kann es nicht gewesen sein; Terry und Nico sollen sich nämlich getrennt haben.« Schreibt Jürgen Becker. Und weiter: »Dass Fritz Schwierigkeiten hat, habe ich gehört, und ich wollte ihn immer mal anrufen und fragen, was er eigentlich für Schwierigkeiten habe. Und wie geht es Harry? Die Frage ist nämlich, ob Harry noch interessant ist. Seit er schweigt, fragt auch keiner mehr nach ihm.« Eine kurze Abhandlung, Beckers »Bekanntenkreis«. Bekannte sind keine Freunde. Bekannte sind Informationsquellen. Das ganz persönliche soziale Netzwerk. In einer Gruppe oder von völlig verschiedenen Menschen akzeptiert zu werden, sich hier und da bei den anderen ins Gedächtnis zu rufen und regelmäßig an geselligen Aktivitäten teilzunehmen, ist eine besondere und wesentliche Form sozialen Rückhalts. Ein Bekanntenkreis schließt Leute ein, die sich auskennen. Fachleute. Oder er ermöglicht den Zugang zu diesen Menschen. Und damit die Lösung vieler Probleme: Wir haben Beziehungen.

Ein eindeutiges Merkmal der Freundschaft aber ist,

dass sie so wenig eindeutige Merkmale besitzt. Denn Freundschaft kennt keine Grenzen. Ob wir Frau sind oder Mann, 73 Jahre alt oder zehn, ob wir in Osterode wohnen oder in Langenargen – es ist egal. Und trotzdem: Wir sind nicht aller Menschen Freundin. Es gibt eindeutige und ausdrückliche Vorgaben an den Menschen, den wir als Freundin oder Freund bezeichnen. Eine Freundin ist unverwechselbar. »Ein Freund erwartet Schonung, Lüge, Trostsprüche, lauter Dinge, die Anstrengung, Überlegungsarbeit, Selbstbeherrschung erfordern. Die ständige Sorge um Feingefühl, wie die Freundschaft sie voraussetzt, ist widernatürlich. Her mit Gleichgültigen oder Feinden, dass man Atem schöpfen kann!«, sagt der französische Schriftsteller Emile M. Cioran.

Freundschaft beruht auf Gegenseitigkeit. Und Freiwilligkeit. Aber eine Freundschaft schließen wir nicht vor dem Standesbeamten. Wenn wir uns einer Freundin verpflichtet fühlen, dann nicht aufgrund einer Gesetzesvorlage, sondern wegen innerer Motive und Beweggründe, und weil es allgemeingültige Regeln für unser Verhalten in Freundschaften gibt. Nicht ganz uneigennützig: Wir haben Freunde, weil sie mithelfen, unsere Ziele und Wünsche, die wir in Bezug auf unser Selbstbild haben, zu verwirklichen. Eine Freundin verstärkt durch ihr Verhalten die von uns als positiv empfundenen Anteile unseres Selbst. Eine Freundin bringt neue Ideen. Erhöht das eigene Wissen. Fünf enge Freundschaften pflegen wir für gewöhnlich, 15 lockere. Diese 20 Freunde stammen aus dem gleichen sozialen Netzwerk und meist 100 Bekannte zählen wir zu unserem Kreis.

Von unseren Bekannten erwarten wir die Adresse eines kuschligen Hotels in Florenz für unseren nächsten

Italien-Trip. Immer mittwochs einen netten Abend bei einer Runde Doppelkopf. Und dass sie unsere Katze füttern, wenn wir auf Geschäftsreise sind. Von Freunden erwarten wir mehr. Eine Freundin oder ein Freund ist ein von uns erwählter Mensch, der uns maximales Wohlgefühl vermittelt. Eine Freundschaft ist etwas Ganzes, Einheitliches und gleichzeitig so vielfältig wie keine andere Beziehung. Jede Freundschaft ist etwas Einzigartiges. Ein fester Punkt in unserem Leben. Freunde sind Wahlverwandtschaften.

Was macht eine Freundschaft aus?
Freunde schaffen und behalten

Freundschaft ist das Gegenteil von Feindschaft und grenzt sich von der Liebe ab. Eine Freundschaft gehört – auf ein ganzes Leben gesehen – zu den stabilsten unserer Beziehungen. Wir müssen sie pflegen. Und daran arbeiten, dass sie entsteht – oft unbewusst. Der Zeitplan ist subtil. Ein erstes Treffen. Sympathie. Menschen ziehen uns an, weil wir sie attraktiv finden. Äußerlich. Unsere Kleidung ist ein Symbol. Wir signalisieren damit einen bestimmten Lebensstil und -standard und dass wir uns einer Gruppe zugehörig fühlen. Meist mögen wir Menschen, die uns ähnlich sind. Ungefähr gleich alt, gleicher Lebensstil, grundsätzlich vergleichbare Auffassungen. Ähnliche Persönlichkeitszüge. Gleicher Ausdruck, mimisch und gestisch. Diesen Menschen treffen wir ein zweites, ein drittes Mal. Das planen wir bewusst. Der persönliche Hintergrund, die Lebensgeschichte, Wertvorstellungen des anderen interessieren uns. Wir erleben jetzt viele Dinge gemeinsam. Einen Urlaub. Die Diplomvergabe des anderen. Und manchmal auch dessen Ehekrise.

Was wir gemeinsam erleben, erleben wir als belohnend und bereichernd. Wir streben es deshalb immer wieder an. Damit verknüpft ist die Vorstellung, nach der Menschen in Sozialbeziehungen gleichzeitig ein Maximum an Nutzen und ein Minimum an Kosten wollen. Die Basis einer Freundschaft ist Vertrauen. Mit zunehmender Vertrautheit gehen auch höhere Kosten einher: stärkeres soziales Engagement und zusätzliche Verantwortlichkeit. Wir bestimmen untereinander und meistens ohne es genau anzusprechen, welche Bedeutung wir Werten beimessen. Was heißt das für uns: Vertrauen, Hilfe, Respekt und Zuneigung?

Wir verlangen Ehrlichkeit von guten Freunden und dass sie jederzeit ein offenes Ohr für uns haben. Dass sie für uns sorgen, wenn wir krank sind. Und uns auch notfalls aus einer finanziellen Misere helfen. Laut einer repräsentativen *Brigitte*-Umfrage finden 85 Prozent es am schlimmsten, ohne Freunde dazustehen. Fast jeder zweite hätte gern mehr richtig gute Freunde. Und 62 Prozent glauben, dass, je älter man wird, es umso schwieriger ist, gute Freunde zu finden. Untersuchungen amerikanischer Psychologen haben ergeben, dass Menschen, die sich einsam fühlen, oft genauso viele Bekannte haben wie die, die sich nicht als einsam bezeichnen. Nur sind zurückgezogene Menschen weit weniger offen als andere. Das blockiert Freundschaften. Wir müssen uns einbringen und Nähe zulassen. Fehlen uns Freunde, hat das ähnliche Auswirkungen auf die Seele wie falsche Ernährung auf den Körper. Wer keine guten Freunde hat, ist in Belastungssituationen in Gefahr, seelisch zu erkranken. Über Freundschaft, über das gewollte Du und das daraus resultierende Wir, schaffen wir uns eine Grund-

lage von Vertrautheit, ohne die es in der Welt ungemüt-
lich wäre. Wir erleben das »Sich-vollständig-zu-Hause-
fühlen« als ein Kernelement der Freundschaft, das über
das reine Vertraut-sein noch hinausgeht.

Da sind gemeinsame Momente, die nicht erklärt werden müssen. Da ist die besondere Sprache, in der wenige
Worte genügen, um vieles verständlich zu machen. Alle
unsere Gefühle thematisieren wir. Wohlgefühl und Kritik. Denn wir fühlen uns sicher. So sicher, dass wir uns
Freunden gegenüber selbst zur Diskussion und in Frage
stellen können. Wir erleben, dass uns der andere in macher Hinsicht besser und schneller begreift, als wir uns
selbst verstehen. Und das ermöglicht es uns, ein wirkli-
ches Gefühl für uns selbst zu bekommen und eigene
Identität zu entwickeln. Daraus entwächst Verantwortung für diesen anderen Menschen. Ein existentieller
Wert für ein Leben in Gemeinschaft.

Freundschaft ist die Beziehungsform der 90er Jahre.
Ein Lebensmodell in einer Zeit sich auflösender Bindun-
gen. Einer Zeit, in der wir peinlich genau darauf achten,
unsere Freiräume zu bewahren. Ein kompliziertes Bezie-
hungsgeflecht: Wenn ich einen Freund wähle, übe ich
meine Freiheit aus. Ich knacke meine Selbstverkapse-
lung, überschreite meine Einsamkeit. Das Schöne an
Freundschaften ist, dass sie so viele Freiheiten zulassen
und so zahlreich sein können. Wir brauchen diese
Freundschaften auch, um uns in der Liebe vom anderen
abzugrenzen, um unser eigenes Leben zu leben. Freundschaft ist etwas, wo ich Nähe habe, ohne eingeengt zu
sein. Und: Freunde und Bekannte sind die beste Kontaktbörse überhaupt.

Von wegen platonisch: Freundschaft und Erotik. Ein Tabu

Pferde stehlen ist erlaubt, Liebe machen nicht. Denn Freunde haben keinen Sex. Ende. Eine Freundschaft zwischen Mann und Frau? Kann nicht funktionieren. Weil die beiden früher oder später doch im Bett landen. Der Anfang vom Ende – darüber sind wir uns doch einig. Fast alle. Bert Brecht nannte das den »kleinen Teil« in Freundschaften; diesen unendlich großen Bereich seelischer Wirklichkeit: die Erotik. Wir wehren uns dagegen, weil uns die Vorstellung verwirrt: Jede Freundschaft hat erotische Seiten. Die zwischen zwei Frauen. Die zwischen Frau und Mann. Das erzeugt Schuldgefühle. Weil wir uns allein glauben mit diesem wohligen, warmen Gefühl in unserem Herzen in Gegenwart eines lieben Menschen. Und weil wir den anderen nicht verletzen wollen. Eine Freundschaft ist in dem Augenblick erotisch, wo sie seelischen Tiefgang erreicht. Miteinander zu lachen, zu tanzen, zu essen. Nächtelang zuhören, trösten, diskutieren – nicht nur, aber auch über Sex. Bei einem Freund sind wir ganz bei der Sache. Ein Freund beansprucht unsere Ohren, Augen, Hände, die Nase, den Mund. Alles. Das ist Sinnlichkeit. Ohne Hemmschwelle, vertraut, nackt. Erotik, das heißt ein Gefühl, ein Geruch, ein Augenblick und verbindet uns mit diesem Menschen, auch wenn wir mit anderen zusammen sind. Das prickelt. Erotik brauche den Reiz des Fremden, sagen Psychologen. Und Freundschaft lebe gerade von Vertrauen und Übereinstimmung. Beides zusammen funktioniere nicht. Vielleicht opfern wir deshalb so oft unsere Lust: Weil alle denken, dass Sex in einer Freundschaft tabu ist. Und es nirgends leichter ist, das Erotische mit dem Sexuellen zu verwechseln als in einer Freundschaft.

Kapitel 9
Mehr als Sympathie – Liebe.
Regeln und Rituale

»Das Ziel der Liebe ist zu lieben: nicht mehr und nicht weniger.«

Oscar Wilde

Sie haben diesen Kerl angerufen. Einfach so. In der Handtasche nach diesem Fetzen Papierserviette gekramt. Da hat er neulich, gestern, seine Telefonnummer draufgekritzelt. »Wär nett« gesagt. Und dann ist er verschwunden von der Party, aber an der Tür, da hat er sich nochmal umgeschaut und geguckt. Und Sie haben sich hingesetzt heute, das Telefon auf dem Schoß und ihn angerufen. Hallo gesagt. Ganz einfach. Und er sagte auch Hallo. Keine Minute haben Sie gesprochen. Nur gesagt: Sehen wir uns, heute abend, beim Italiener, Bahnhofstraße, Ecke Kastanienallee, um acht, ja?

Dating. Wenn ein Treffen nicht mehr zufällig ist

Keine Hektik. Noch fünf Stunden Zeit. Checken Sie ab, ob das Restaurant heute auch keinen Ruhetag hat. Reservieren Sie einen Tisch. Sie kennen den Laden? Wunderbar. Bekanntes Terrain. Was allerdings nervt: Bekannte oder Kollegen, die Ihnen den ganzen Abend »hallo« sagen wollen und dabei nur ihn anschauen und sagen: Nette Begleitung hast du heute abend. Viereinhalb Stunden noch. Kleiderschrank inspizieren. Welchen Fummel? Das kleine Schwarze? Zu overdressed. Den schmalen dunkelbraune Rock? Zu bieder. Den grauen Hosenanzug? Ein Rendezvous ist kein Bewerbungsgespräch. Was immer Sie tragen: Fühlen Sie sich wohl darin. Und passen Sie sich der Umgebung an. Beim Schlittschuhlaufen den Lieblingspulli, obwohl der auch schon etwas aus der Form ist. Beim noblen Abendessen nicht das rückenfreie Kleid der Freundin, obwohl es ihr so toll steht. Leisten Sie sich für Ihr Date einen Kuschelschal oder die knallblaue Handtasche, die Sie schon immer haben wollten. Das hebt die Stimmung.

Noch eine Stunde? Sie haben schon den Mantel an? Gut. Machen Sie sich rechtzeitig auf den Weg. Fahren Sie nicht mit dem Auto. Lieber mit dem Bus. Oder der Straßenbahn. Der Kerl kann Sie später nach Hause bringen. Vielmehr soll er das. Oder Sie nehmen sich zur Not ein Taxi. Zum Date nicht zu spät kommen. Nicht später als zehn Minuten nach der verabredeten Uhrzeit jedenfalls. Wer auf sich warten lässt, wird dadurch auch nicht interessanter. Zu früh dran? Trinken Sie doch auf dem Weg noch einen Kaffee in einer Kneipe. Oder einen Pfefferminztee. Das beruhigt.

Eine Viertelstunde noch. Was, um Gottes Willen, reden? Er ist an der Uni. Lehrstuhl Biologie. Doktorand. Und er segelt. Demnächst will er mit einem Freund los. Nach Griechenland. Das erfuhren Sie auf der Party neulich. Erste Blicke. Erste Worte. Sie wollen mehr über ihn wissen. Ihm näher sein. Warm werden. Witzig, spritzig, einfühlsam sein. Auf Kommando. Das klappt selten. Erzählen Sie von sich. Nicht mehr nur Unverfängliches. Auch Persönliches. Interessen, Vorlieben, Abneigungen, Einstellungen. In Spurenelementen oder in höheren Dosen. Je nachdem. Sehnsucht und langgehegte Träume behalten Sie besser noch für sich. Und bloß keine größeren Bekenntnisse! Nicht, wie sehr Sie darunter gelitten haben, dass sich Ihre Eltern scheiden haben lassen, als Sie drei waren. Nicht, dass Ihr Ex Sie mit Ihrer besten Freundin betrogen hat. Nicht, dass Sie mit Ihrem Chef massiv aneinandergeraten sind und wohl demnächst kündigen werden. Die Lebensgeschichte im Eiltempo überfordert. Klagen irritieren. Intime Fragen und bohrende Nachforschungen in der Vergangenheit des anderen auch. Zuviel Nähe schafft Distanz. Locker bleiben. Erzählen Sie ruhig von Ihrem Engagement bei Greenpeace. Von Ihrer einzigartigen Orchideenzüchtung. Oder Ihrem Nebenjob als Model bei Jil Sander. Nur nicht zu dick auftragen. Understatement kommt an.

Keine zu hohen Erwartungen haben. Gelassen bleiben. Selbstbewusst sein! Hätte der Kerl keine Lust, Sie zu treffen, hätte er nicht zugesagt. Darauf können Sie doch stolz sein. Und: Ein Blick sagt mehr als tausend Worte. Wenn es Ihnen urplötzlich die Sprache verschlägt und der Kloß in Ihrem Hals größer und größer wird, schauen Sie nicht auf Ihr Steak, sondern diesen Menschen gegenüber offen an. Lächeln Sie. Den Mann, der Ihnen in dem Augenblick und in dieser Situation nicht irgendwie aus der Patsche hilft, können Sie sowieso schlicht vergessen. Gewöhnen Sie sich an den Gedanken: Das erste Date verläuft oft wie die erste gemeinsame Nacht – man stellt sich das alles ganz anders vor.

Tischgespräche. Wenn es knistert

Da ist er. Und da sind die Schmetterlinge in ihrem Bauch. Sie begrüßen sich. Er hat warme Hände. Ihre sind kalt.

111

»Der erste Liebesblick ist jene kürzeste Entfernung zwischen zwei Punkten, jene göttliche Gerade, wie es keine zweite gibt.« Schreibt die russischen Lyrikerin Marina Zwetajewa. Also: Schauen Sie ruhig! Mit Blicken signalisieren Sie nicht nur Interesse, nehmen nicht nur Kontakt auf, eröffnen Sie nicht nur ein Gespräch. Blicke bedeuten alles. Oder nichts. Linsen Sie über den Rand der Speisekarte. Oder über den Ihres Weinglases. Lachen Sie mit den Augen.

Lästern Sie! Sie haben ein Thema gefunden, über das sie sich gemeinsam herrlich auslassen können? Glückwunsch. Sie sind auf der gleichen Wellenlänge. So boshaft sind Sie sonst nur mit Ihrer besten Freundin. Und damit könnten Sie einen ganzen Abend verbringen. Ein Stichwort gibt das nächste. Mal richtig Dampf ablassen. Dass Sie dieses Getue auf einer Vernissage schon immer nervt. Und diese Künstler erst, immer mit ihren Schals. Reden Sie sich in Rage, bekommen Sie ganz rote Wangen und merken Sie, dass sie irgendwann allein reden und der Typ Sie amüsiert und bewundernd angrinst.

Scherzen Sie! Ein Gag jagt den nächsten. Lachen erzeugt Nähe. Aber nur, wenn es Ihnen nicht im Halse steckenbleibt. Ein gemeinsamer Sinn für Humor ist eine sehr gute Basis. Und auch der für Ironie. Oder erklären Sie mal jemandem, dass es nicht ernst gemeint war, als Sie sagten: Ich finde es ganz klasse, wenn sich bei einer Silvesterparty alle Paare um den Hals fallen und ich mit dem Sektkübel anstoßen darf.

Streiten Sie! Gegensätze ziehen sich an. Bringen Sie ein Thema auf den Tisch. Sagen Sie ihm Ihre Meinung. Er ist da ganz anderer Ansicht? Prima. Provozieren Sie. Es kommt zu einer hitzigen Diskussion. Das funkt. Er gibt Kontra. Aber ist in Wirklichkeit tief beeindruckt von Ihrem Wissen. Ihren Argumenten. Sie widersprechen. Trotzig. Und ihm gefällt Ihr forscher Blick. Am Ende entdecken Sie, dass Sie eigentlich doch gar nicht so unterschiedlicher Meinung sind.

Natürlich hat er Sie später nach Hause gefahren. Und der Satz: Willst du noch was trinken, oben, der klingt wie im Kino. Licht an. Der Abend ist vorbei. Sie lehnen mit dem Rücken an der geschlossenen Wohnungstür, den Mantel halb über den Schultern, die Schlüssel rechts, die knallblaue Tasche in der linken Hand. Allein. Sie schauen zur Decke. Verliebt sein ist, wie zum ersten Mal den blauen Himmel sehen. Durchatmen. Es ist zum Verrücktwerden. Hat er uns nach Hause gefahren, weil das zufällig auf dem Weg lag? Hat er uns beim Essen so angeschaut, weil wir irgendwo eine Nudel kleben hatten? Hat er über den Witz gelacht oder darüber, dass wir uns am Wein verschluckten? Alles könnte wieder Bedeutung haben. Oder auch nicht.

➤ Info

Warum es funkt – Liebe biochemisch.
Für den Körper bedeutet Verliebtsein Stress. Und wer ist schuld daran? Ein chemischer Stoff namens Phenyläthylamin. Im Gehirn freigesetzt, in den Körper gepumpt. Eine natürliche Droge, verantwortlich für das Hochgefühl. Sobald die Schwärmerei und das Verliebtsein endet, hört das Hirn auf, dieses Aufputschmittel zu produzieren. Das führt zu einem Schmerz, der so quälend ist wie beim Entzug. Kakaobohnen enthalten auch Phenyläthylamin. Das erklärt, weshalb wir Liebeskummer gern mit Schokolade bekämpfen.

Nähe und Intimität. Wenn die Masken fallen

Sie können nicht schlafen und haben am nächsten Morgen Entzugserscheinungen. Liebe ist eine Droge. Sie denken nur noch an diesen Kerl. Sprechen nur noch von ihm. Das Herz schmerzt. Der Kaffee schmeckt endlich nach Kaffee. Die grüne Lampe über dem Küchentisch ist noch grüner als sonst. Und das Fell Ihres Katers weicher. Wie, es leben noch andere Menschen auf dieser Welt? Sie wollen diesen einen Mann. Jetzt. Sofort.

War das Liebe auf den ersten Blick? Ist das der Urknall der Gefühle? Hat dieser magische Moment gestern 30 Sekunden gedauert? Zehn Minuten? Oder vier Stunden? Egal. Sie fühlen sich nicht nur vom anderen angezogen. Sie fühlen sich vertraut. Sie kennen diesen Menschen länger und besser als alle anderen. Romantiker behaupten, es gibt so etwas. So eine schicksalhafte Gewissheit, die wie ein Blitz ins Gehirn einschlägt. Pragmatiker antworten, dass man sich vielleicht auch nur in die Umstände verliebt, wie man jemanden kennenlernt. In Traum- und Trugbilder, und dass jeder Mensch nur sieht, was er sehen will.

Das Telefon! Beim ersten Läuten sind Sie dran. Alle Zweifel weggewischt. Sie telefonieren morgens um vier, und er spielt Ihnen Achim Reichel vor. Nach zwei Stunden sagt er: Ich ruf dich wieder an. Und später fragen Sie nur: Was machen wir am Wochenende? Er quartiert seinen Mitbewohner aus, damit keiner mehr die Leitung blockiert. Am Samstag dauern Stunden Minuten. Sie schweben irgendwo, losgelöst von Zeit und Raum. Wahrscheinlich im siebten Himmel. Sie senden Signale. Verkürzen Distanzen. Ein ausgestreckter Finger bedeutet Stop! Eine Hand zwischen uns auf dem Tisch auch. Mit einer Armeslänge berechnen wir die soziale Distanz, wer näher kommt, dringt in unsere Intimzone ein. Außer Schulter an Schulter, da kommen wir schneller zueinander, weil wir uns nicht konfrontiert fühlen. Eine zufällige Berührung der Hände, ein Knie gegen einen Schenkel – nicht bewegen, kein verfrühtes Nein riskieren, die Situation des Vielleicht auskosten. Sobald der Kontakt durch eine Bewegung unterbrochen ist, gibt es kein Zurück, ohne dass wir uns dem anderen offenbaren. So tauschen Sie Informationen aus. Mit Ihren Körpern und verbal. Sie reden die ganze Nacht. Vertrauen dem anderen Geheimnisse an, die Sie noch nicht einmal Ihrer besten Freundin erzählen. Angeblich spätestens nach vier Verabredungen, rechnen Verhaltensforscher, bekennen Sie Farbe. Sprechen über Menschen und Gefühle und vergangene Liebesgeschichten. Über Leidenschaft. Sex. Sie tasten sich vor. Stück für Stück. Und Sie lieben sich und die Erde bebt. Sie sind eins. Heiraten Sie. Sofort! Oder erst in vier Wochen. Manche Paare bereuen das ihr Leben lang nicht. Drei Monate soll diese Achterbahnfahrt der Gefühle andauern. Dann entscheidet sich, ob aus dem Rausch Liebe wird.

Ein lebenswichtiges Element das Zaubers, nach dem Sie suchen, heißt Nähe – Nähe in einer engen Beziehung. Wahrhaft befriedigende Nähe kann nur über einen längeren Zeitraum geschaffen werden. Wir müssen den anderen erst entdecken. Alles ist so neu. Wir glauben, alles voneinander zu wissen. Und doch sind wir immer wieder überrascht. Wir registrieren jedes Wort, jede kleinste Regung. Da ist dieser unsichere, kritische Blick, wenn er in einen Fahrstuhl steigt. Da ist die Haarsträhne, die viel zu lang ist und immer wieder in seine Stirn fällt. Da ist seine Haut. Da ist sein Vertrauen, wenn er von der Frau spricht, mit der er ein Kind hat. Wenn er von seinen Gefühlen Freunden gegenüber erzählt und warum er enttäuscht ist von einem Menschen. Wir sind glücklich, weil er ehrlich zu uns ist und aufrichtig.

Intimität entsteht, wenn wir in der Lage sind, äußeres, gesellschaftliches Verhalten abzulegen und unser Seelenleben mit einem anderen Menschen zu teilen. Wir lassen die Masken fallen, sobald wir mit dem anderen zusammen sind. Wir haben jede Befürchtung, jede Angst voreinander begraben. Es gibt weder Misstrauen noch Zurückhaltung. Trauen Sie sich. Sie waren lange allein und fürchten sich davor, in einer intimen Partnerschaft verletzt zu werden und abhängig zu sein. Sie glauben vielleicht, Ihre Individualität zu verlieren, sich selbst aufzugeben. Und beschließen deshalb, sich gar nicht erst auf Intimität einzulassen. Schade. Es lohnt sich, die Energie aufzubringen und andere wirklich an sich heranzulassen. Intimität bedeutet Zusammensein. Spaß und Spannung. Sex und Sinnlichkeit. Genuss pur.

Geben Sie nicht auf, wenn es nicht gleich so läuft, wie Sie es sich vorstellen. Das Leben missachtet die Regeln des Kennenlernens. Auch und gerade glückliche Paare hatten anfangs nicht selten mit Desinteresse, rhetorischen Todsünden, misslungenen ersten Nächten zu kämpfen. Und dann sind da mit einem Mal die vielen kleinen Dinge, die alles klarmachen. Die Handbewegung, wie er eine Zigarette aus der Packung holt. Wie er Ihnen morgens sagt, dass Sie nach dem Aufwachen immer so große Augen machen. Sie wollen mit diesem Menschen leben, vielleicht auch nur, weil Ihnen so gefällt, wie er das Wort Fuchs ausspricht.

Lippenbekenntnisse.

Von einem Kuss werden sämtliche 34 Gesichtsmuskeln, außerdem Hals-, Rücken-, und Schultermuskulatur und alle fünf Sinne in Erregung versetzt. Das Datenpotential der mechanischen und elektrochemischen Reaktionen, die durch ihn ausgelöst werden, umfasst sämtliche Körperfunktionen und wirkt lebenserhaltend über unsere rein biologische Ausstattung hinaus. »Auf meinem Weg«, so Adrienne Blue, »wurde ich in einem westafrikanischen Wald von einem Gorilla geküsst und von einem alten Affen im Savoy. Noch nicht einmal das hat meinem leidenschaftlichen Interesse für das Küssen einen Dämpfer aufsetzen können.« Der Kuss – weit mehr als das Vorspiel auf dem Theater sexueller Obsessionen, die ihm nachfolgen werden.

Buchtipp:
* Adrienne Blue: »Vom Küssen oder Warum wir nicht voneinander lassen können«. dtv premium, 24 Mark.

Die rosarote Brille.
Wann man nein sagen sollte

Wer liebt, lebt leichter. Sie sind zufriedener mit dem Leben insgesamt, kennen die Stärken und Schwächen Ihres Partners und Ihre eigenen und Sie helfen sich gegenseitig, sich weiterzuentwickeln. Sie können sich fallenlassen, weil Sie sicher sind, aufgefangen zu werden. Sie verstehen sich ohne Worte – auch in der Sexualität. Durch niemanden erfahren Sie mehr Streicheleinheiten als durch Ihren Partner. Sie genießen das Hochgefühl, das ohne Vorankündigung kommt, ohne besonderen Grund, morgens, wenn Ihr Partner mit zerzaustem Haar und der Kaffeetasse in der Hand am Küchentisch sitzt. Ein Gefühl, ganz tief drinnen, das Ihnen sagt, es ist gut so, wie es ist. Im Idealfall.

Wie ein Leben verläuft, ist kein Zufall. Wir haben Kontrolle darüber. Wir können Entscheidungen treffen. Und sobald sie getroffen sind, uns auf sie konzentrieren. Genießen Sie diese neue Liebe, wenn Sie können. Aber zwingen Sie sich nicht dazu. Geben Sie nichts auf, was Ihnen in Ihrem Leben wirklich wichtig ist. Die beste Zeit, nein zu sagen, ist der allererste Moment, in dem Ihnen klar wird, dass dieser andere Mensch Ihren Bedürfnissen nicht gerecht wird. Dieses Nein ist möglich. Entscheiden Sie, ob es langfristig in Ihrem Interesse liegt. Nein zu sagen bedeutet, sich selbst, der eigenen Intelligenz, der Intuition und dem Glauben an die Zukunft zu vertrauen. Selbstvertrauen ist der einzige Weg, die Schwierigkeiten des Neinsagens zu überwinden. Nein zu sagen ist unangenehm, unerträglich, qualvoll. Sie fühlen sich schuldig. Aber da müssen Sie durch. Sie schaffen es, indem Sie fest daran glauben, dass etwas Besseres kommt.

Gehen Sie strategisch vor. Machen Sie diesem Menschen ein Kompliment. Sagen Sie ihm, wie sehr Sie sich darüber freuen, dass er Ihnen mit seinen Kenntnissen in der Literatur eine ganz neue Welt eröffnet hat. Wie nett der Ausflug letztes Wochenende war. Was immer. Aber legen Sie ihm Ihren Standpunkt klipp und klar dar: dass Sie ihn jetzt nicht mehr treffen möchten. Fordern Sie kein Feedback. Ehrliche Dialoge in einer solchen Situation brauchen Zeit, Energie und Offenheit, die Sie nicht zu investieren bereit sind. Reservieren Sie sich solche Gespräche für Menschen, die Ihnen wirklich wichtig sind. Geben Sie keine Begründung für Ihr Nein. Vielleicht denken Sie, das sei angebracht. Nötig ist das nicht. Schon gar nicht, wenn Sie höflich waren, respektvoll und nett. Und wenn Sie diesen Menschen nicht gut genug kennen. Lassen Sie keine vage Hoffnung aufkeimen mit dem Satz: Ich rufe mal an. Oder einem so unverbindlichen wie verbindlichen »Bis dann« zum Abschied. Treten Sie einen offenen und ehrlichen Rückzug an. Und fühlen Sie sich um Himmels willen nicht verantwortlich dafür, wie der andere sich jetzt fühlt. Natürlich wollen Sie nicht, dass es ihm schlecht geht. Aber Sie müssen tun, was Sie für richtig halten. Im besten Fall verbringen Sie ermüdende Abende. Im schlimmsten langweilige Monate und Jahre. Ein fauler Kompromiss, nur, um nicht allein zu sein.

Das kann passieren: Nachdem Sie die rosarote Brille absetzten, hat der neue Hauptdarsteller in Ihrem Leben Konturen bekommen. Und jetzt sind Sie nicht mehr fasziniert. Vielleicht sogar abgestoßen. Er ist nicht der Richtige. Liebe und Partnerschaft leben nicht nur von Gefühlen oder Intuition. Beides fordert Engagement und Köpfchen. Die Mühe und ein Nein lohnen sich: Ihr Selbstwertgefühl steigt. Sie können wieder aufatmen. »Liebe ist ein moralisches Ereignis, wie es vorsätzlicher Mord, Gerechtigkeit und Verachtung sind.«, stellte Robert Musil fest.

Kapitel 10
Schluss mit dem Blues

»Die größte Gefahr, die, sich selbst zu verlieren, kann so schnell an uns vorbeiwehen, als sei gar nichts. Jeden anderen Verlust – der eines Arms, eines Beins, einer Frau oder den von Geld – man wird ihn gewiss bemerken.«
Sören Kierkegaard

Musterbeispiele. Ausreden vor sich selbst und was davon übrig bleibt

Keine Zeit, sagt Anna. Und Sie? Haben Sie auch so viel zu tun? Sie können nämlich eigentlich gar keine Leute treffen: Weil Sie immer Überstunden machen müssen! Und dann auch noch Ihre Chefin vertreten! Bitten Sie doch einfach einen Arbeitskollegen, Sie mit seiner Frau bekanntzumachen. Sagen Sie, Sie planen im Frühjahr einen Trip nach Barcelona, und seine Gattin stamme doch aus Spanien. Ein gemeinsames Mittagessen für erste Infos hat in Ihrem Terminkalender Platz. Ganz sicher. Und vielleicht machen Sie dann demnächst im Büro auch mal früher Schluss, weil Theresa Ihnen Gazpacho nach dem Rezept ihrer Großmutter kocht.

Sophie sagt, sie wisse weder wo, noch wann sie jemand treffen kann. Samstagabend im Kino? Nur Pärchen! In einem neuen Volleyballverein? Die haben schon genug Frauen. Kein Problem. Lassen Sie das doch andere für Sie regeln: Werden Sie Mitglied in einer

Agentur, die Treffen organisiert, Kontakte vermittelt, Ihre Freizeit plant. Zum Beispiel das nächste stilvolle Abendessen. Oder einen Ausflug nach Helgoland. Und die Matinee im Literaturhaus am Sonntag. Praktisch: Sie sparen Zeit, weil Sie keine Programme wälzen müssen. Oder geben Sie eine Anzeige auf: »Suche Volleyballmannschaft« Oder beantworten Sie eine: »Wer kocht gern?« Alle möglichen Leute geben alle möglichen Anzeigen auf. Verabreden Sie sich für zwei Stunden und entscheiden Sie anschließend, ob sich das Treffen gelohnt hat. Nein? Waren doch bloß zwei Stunden! Ja? Wunderbar! Agenturen, die sich um Ihre Freizeit kümmern, sind eine legitime Starthilfe. Sobald Sie in Schwung gekommen sind, läuft das sowieso alles wie geschmiert, ganz von allein.

Und Marion? Was hat sie anderen denn schon zu bieten? Langweilig wie sie ist. Und ihre Verzweiflung schrecke doch jeden ab, sagt sie. Und dass sie Zeit braucht, erst an sich arbeiten will. Nur zu! Selbstachtung und Selbstwertgefühl puschen Selbstsicherheit. Gehen Sie trotzdem auf andere zu, auch wenn Sie sich unsicher fühlen. Oder gerade deswegen. Experimentieren Sie mit Ihren Ängsten, fordern Sie sie heraus. Riskieren Sie eine Abfuhr. Und beobachten Sie sich dabei. Sie werden sich scheußlich fühlen. Und Sie werden sich toll fühlen. Stehen Sie zu Ihrer Verzweiflung und tun Sie nicht so, als schmerze das Alleinsein nicht. Wenn Sie sich zutiefst nach Intimität sehnen, ist es ganz richtig, dieses Verlangen auch zu spüren. Bewahren Sie sich den Wunsch. Aber arbeiten Sie an der Angst. Sie können sie kontrollieren.

Der Mensch, der Sie zurückweist, gibt damit ein Statement über sich ab, nicht über Sie.

Und – warum sind Sie allein? Zu hohe Ansprüche?

Sie wollen keine Kompromisse machen? Bravo. Bleiben Sie dabei. Vielleicht dauert es bei Ihnen länger als bei anderen. Sie sind eben eine ungewöhnliche Frau. Aber es gibt sie, die Menschen, die Ihnen Paroli bieten können. Bestimmt. Imponieren Sie anderen bloß nicht dadurch, dass Sie sich selbst herunterspielen. Entscheiden Sie in der ersten halben Stunde, ob diese neue Bekannte, ob dieser neue Bekannte so nett sind, dass Sie sich weiter auf sie einlassen wollen. Oder ob Sie sich zurückziehen. Sagen Sie ja oder nein, was immer. Sich zu entscheiden tut gut. Und glauben Sie nicht, dass Sie immer nur die falschen Leute treffen oder die richtigen zum falschen Zeitpunkt. Es gibt weder richtige Menschen noch falsche Zeitpunkte. Aber es gibt ein richtiges Leben nach dem falschen Kennenlernen.

Maskeraden. Der Blick in den Spiegel und die Wahrnehmung der eigenen Ängste

Menschen zu finden, zu denen wir ja sagen können, ist eine Herausforderung. Die größte Herausforderung aber ist es, den ersten Schritt zu machen – weil das bedeutet, dass wir unsere eigene Furcht erkennen und sie überwinden müssen. Furcht davor, zurückgewiesen zu werden. Furcht vor Nähe. Vor Abhängigkeit. Davor, sich selbst zu verlieren, zu versagen. Wir fühlen uns einsam, aber wir fühlen uns sicher dabei. Immerhin. Wir bleiben auf Distanz. Wir werden nicht geliebt. Aber auch nicht abgewiesen und nicht verletzt.

Doch, Einsamkeit schmerzt. Aber wir haben ja einen Plan. Eines Tages! Bald! Schon übermorgen! Da wird alles anders, ganz bestimmt. Nur heute wollen wir der

Furcht nicht ins Gesicht sehen, die uns hindert, den ersten Schritt zu tun. Und deshalb sind wir morgen noch allein. Und übermorgen auch. Weil wir unsere Ängste nicht erkennen. Wir verdecken unser Gesicht mit den Armen, wenn jemand mit einem Stein auf uns zielt. Wir schützen unseren Körper. Für unser Ego bauen wir gleich eine ganze Mauer um uns. Sie ist unsichtbar, aber praktisch: Keiner kann uns verletzen. Niemand kann unser wahres, zerbrechliches Selbst treffen. Aber innen drin, hinter den Mauern, da rumort es. Ich bin nicht in Ordnung so, wie ich bin. Ich bin nicht liebenswert. Wir verstecken uns auch, weil wir nicht das enthüllen wollen, von dem wir glauben, dass es unzulänglich und hässlich ist: unser Ich.

Und weil wir den Schmerz der Einsamkeit eher noch ertragen als das Gefühl des Verlassenseins, reden wir uns ein, dass wir die Liebe anderer weder wollen, noch brauchen. Wir geben uns unabhängig. Wir mauern verbissen weiter, konstruieren uns unser ganz persönliches, emotionales Gefängnis. Nur: Die Mauern um uns schützen nicht mehr, sie erdrücken uns. Wir zeigen uns kühl und beherrscht. Bis wir irgendwann nichts mehr empfinden, keine Ekstase, keine Depression. Egal, womit wir uns schützen: Ob wir süchtig sind nach Arbeit, Mauerblümchen spielen, uns selbst verleugnen oder nach Aufmerksamkeit hungern – wir glauben tief und fest, dass wir nur überleben werden, wenn wir diesen Schutzmechanismus beibehalten.

Ein Teufelskreis. Wenn wir unsere wahren Ängste verleugnen, verstärken wir sie noch: Furcht isoliert, und wir werden einsam. Je einsamer wir sind, desto mehr fürchten wir uns. Identifizieren wir unsere Ängste! Beachten wir sie. Wie reagieren wir auf Angst? Körperlich? Mit weichen Knien? Feuchten Händen? Dem flauen Gefühl im Magen? Einem roten Kopf? Mit trockenem Mund? Oder lachen wir? Reissen wir dämliche Witze? Wischen wir Komplimente mit einer Handbewegung und einem jämmerlichen Spruch vom Tisch? Werden wir ernst? Diskutieren wir, anstatt locker zu bleiben? Analysieren wir, anstatt etwas schlicht hinzunehmen? Fangen wir an, Sachverhalte zu erklären, um nicht persönlich werden zu müssen? Oder werden wir bockig? Streiten wir? Wann ziehen wir solche Shows ab? Was wollen wir vermeiden?

Bringen wir es fertig, diese Furcht einen Augenblick lang zu ertragen. Sich seiner Ängste bewusst zu werden ist ein langwieriger Prozess. Und kein angenehmer. Wir werden uns verletzlich fühlen und andere werden das merken. Das quält. Aber nützen wir die Energie, die es uns kostet, Gefühle zu verbergen, produktiver. Legen wir Masken ab, reissen wir Mauern ein. Lassen wir Nähe zu. Demonstrieren wir Verletzlichkeit, und machen wir damit den wichtigsten Schritt zur Selbstliebe. Schließen wir mit uns Frieden.

Möglichkeiten. Eigene Ziele formulieren. Ausblicke. Lichtblicke

Klar, was Sie wollen? Was immer Sie sich vornehmen – verlassen Sie sich nicht auf gute Absichten. Schieben Sie nicht Ihre Alltagspflichten vor; es wird, wenn Sie so wollen, immer Dringlicheres geben. Setzen Sie sich Ziele: Ängste kontrollieren. Neue Leute kennenlernen. Einen Partner finden. Was immer. Bringen Sie diese Ziele in eine Reihenfolge. Setzen Sie sich nicht unter Druck. Aber setzen Sie sich ein Datum. Jeden Tag einen neuen

Kontakt. Macht sieben Kontakte in der Woche. Jede Woche einmal jemand einladen. Sind vier Leute bis zum 30. April. Einmal im Monat jemandem richtig nahe sein: Also zwölf Menschen in einem Jahr. Dazu bitten Sie die neue Nachbarin am Mittwoch zum Kaffee. Besuchen Sie einen Wochenendkurs im Käsemachen bei der Sennerin auf einer Alm. Antworten Sie auf fünf Kontaktanzeigen. Oder schalten selbst eine.

Nichts gegen Robert de Niro, Boris Becker oder Giovanni di Lorenzo. Auch nichts gegen Simone de Beauvoir, Jil Sander oder Margarete von Trotta. Aber lassen Sie sich bei Ihrer Suche nicht von Traumbildern blenden. Und fixieren Sie sich nicht auf einen Menschen. Nicht auf den neuen Abteilungsleiter aus dem dritten Stock, nur, weil der so schöne braune Augen hat. Nicht auf Ihre Freundin Jule aus Assmannshausen, nur, weil die so beliebt und hübsch ist und doch immer alles richtig macht. Da sind so viele andere Menschen, die Sie entdecken können. Lassen Sie sie an sich heran. Nutzen Sie jede Gelegenheit, Ihr Selbst zu entdecken – alle Facetten und jede Finesse. Machen Sie den ersten Schritt. Heute. Gehen Sie zu Fuß zur Arbeit. Oder fahren Sie drei Tage weg. Treffen Sie Menschen. Anna zum Beispiel.

Anhang
Infos, Adressen, Anlaufstellen

Kapitel 1

Gleichstellungsstellen: in allen größeren Städten. Diese Anlaufstellen für Fragen, Anregungen und Beschwerden halten Kontakt zu Frauenorganisationen, Gewerkschaften, der Wirtschaft und anderen gesellschaftlich wichtigen Organisationen – kurz: Sie schaffen ein Netzwerk für frauenpolitische Ziele.

Frauenzentrum Weiberwirtschaft, Dornsrosa-Frauenselbsthilfe e.V., Robert-Franz-Ring 22, 06108 Halle, Tel. 0345/203 33 74.

GOLDRAUSCH, Frauennetzwerk Berlin e.V., Potsdamerstraße 139, 10783 Berlin, Tel. 030/215 75 54

Laufmasche, Kontakt- und Begegnungsstätte für Frauen, Luisenstraße 45, 10117 Berlin, Tel. 030/28 39 61 61.

Frauen informieren frauen – Fif e.V., Westring 67, 34127 Kassel, Tel. 0561/89 31 36.

Dachverband der Frauengesundheitszentren in Deutschland e.V., Goetheallee 9, 37073 Göttingen, Tel. 0551/48 70 25.

Kofra, Kommunikationszentrum für Frauen zur Arbeits- und Lebenssituation e.V., Baaderstraße 30, 80469 München, Tel. 089/201 04 50.

Frauenhandbücher: mit Adressen von AnsprechpartnerInnen, Anregungen, Anstößen und dem Ziel, Verbindungen und Netzwerke zu knüpfen. Infos dazu über jede Stadtverwaltung bzw. die Bezirksämter und die jeweiligen Frauenbeauftragten.

Das *Bundesweite FrauenBranchenbuch FRAUEN HANDELN.* Angebote von und/oder für Frauen – gebündelt, übersichtlich, bundesweit. Ziel: möglichst optimale Vernetzung der Unternehmen und

126

Projekte von Frauen. Von Ärztinnen über Kleidermacherin bis hin zur Zimmerei. Ein Nachschlagewerk für jeden (Frauen-)Bedarf. 10 Mark. über: Susanne Pallagi Service Agentur, Tel. 089/544 05 66.

Die *regionalen Frauenbranchenbücher »Selbständige Frauen«* für Köln/Bonn, Ruhrgebiet, Hamburg und Berlin/Potsdam erscheinen jährlich; gegen 3 Mark in Briefmarken über: Schöne Aussichten, Verband freiberuflich tätiger Frauen e.v., Gereonshof 36, 50670 Köln, Tel. 0221/91 28 07 80.

Kapitel 2

Anlaufstellen bei pychologischen Problemen:

Ehe- und Familienberatungsstellen: in allen größeren Städten. Die Stellen vermitteln Ansprechpartner bei Einsamkeitsgefühlen oder dort beschäftigte Psychologen führen selbst Beratungsgespräche durch. Adressen in den Gelben Seiten, die Nummern der Telefonseelsorge über die Auskunft.

Hilfe bei existentiellen Ängsten (Vermittlung von Therapeuten, Informationen über Kosten):

Psychotherapie-Informations-Dienst PID, Heilsbachstraße 22-24, 53123 Bonn, Tel. 0228/74 66 99.

Österreich:

Berufsverband österreichischer Psychologen, Garnisongasse I/22, A-1090 Wien, 0043-1/407 26 71.

Schweiz:

Föderation der Schweizer Psychologen, Cholsystraße 11, Postfach, CH-3000 Bern 14, 0041-31/382 03 77.

Kapitel 3

Eine Auswahl klassischer Orte & kreativer Gelegenheiten:

Café Pöppelmann, Hotel Bellevue, Große Meißner Straße 15, 01099 Dresden. Chippendale-Möbel, Spitzengardinen, schwere Kristallüster – ein Kaffeehaus zum Turteln.

Sowieso Frauenzentrum, Angelikastraße 1, 01099 Dresden, Tel. 0351/804 14 70.

Durchblick GmbH, Anklamer Straße 38, 10115 Berlin, Tel. 030/448 47 88.
Kurse für Frauen, die mehr über Computer und Anwendungsmöglichkeiten wissen wollen.

Berliner Single-Party *»Fisch sucht Fahrrad«*, Karteninfo über Tel. 030/25 00 33 60 (in anderen Städten Telefonnummer über Stadtmagazin »Prinz«).

Institut Mundwerk, Rhetorik für Frauen, Pariser Straße 11, 10719 Berlin, Tel. 030/883 44 47.

Frauenbildungsstätte Franzenhof e.V., Heimbildungsstätte des Landes Brandenburg, 16269 Lüdersdorf/Biesdorf, Tel. 03345/6 21 36.

Bar Tabac, Große Bleichen 21, 20354 Hamburg, Tel. 040/35 71 98 51. 40 verschiedene exotische Zigarettenmarken, acht unterschiedliche Zigarrensorten und knapp 30 internationale Magazine und Tageszeitungen – kosmopolitisch und entspannend.

Frauenbildungszentrum *»Denk(t)räume«*, Grindelallee 43, 20146 Hamburg, Tel. 040/44 78 84. Seminare, Veranstaltungen, Café.

Buslinie 102 in Hamburg – knackige Studenten!

Stock's Fischrestaurant, Hauptstraße 1, 25474 Ellerbek, Tel. 04101/38 35 65.
Koch Heiko Stock serviert einmal im Monat ein »Literarisches Dinner«. Termine und Themen erfragen.

Frauenkulturhaus Frankfurt, Am Industriehof 7-9, 60487 Frankfurt/Main, Tel. 069/70 10 17. Ladies Matinee und andere events, Programm auf briefliche Anfrage mit frankiertem Rückumschlag.

»Euronet« im Basement des Europatowers, Willy-Brandt-Platz, 60311 Frankfurt, Tel. 069/242 93 70. Das Terrain für Großstadtsingles.

Frauen-Museum, Im Krausfeld 10, 53111 Bonn, Tel. 0228/69 13 44. Ausstellungen, Workshops, Lesungen...

Wald- & Schlosshotel Friedrichsruhe, 74639 Zweiflingen-Friedrichsruhe, Tel. 07941/6 08 70. Schlemmer-Kochkurse. Weitere Hotels im Gault Millau Deutschland, Heyne-Verlag. Oder über die Agentur »Feinschmecker-Seminare-Exquisite Küche«, Tel. 08105/42 49.

Erotic Art Museum, Bernhard-Nocht-Straße 69, 20359 Hamburg, Tel. 0 40/317 47 57.

Lebensmittelabteilung Hertie, Münchener Freiheit, München. Schwabing-Singles rüsten sich fürs Wochenende – vor allem samstags mittags!

Frauen-Café GLANZ, Sedanstraße 37, 81667 München, Tel. 089/458 02 50. Food & Fun immer am ersten und dritten Donnerstag.

musica femina münchen e.V., Breisacher Straße 12, 81667 München, Tel. 089/480 77 30. Komponistinnen, Konzerte, Kontakte.

Lillemor's Buchladen und Versand, Arcisstraße 57, 80799 München, Tel. 089/272 12 05. Fachbuchhandlung zum Thema Frau mit Leseecke zum Schmökern, Tee und Kaffee.

Österreich:

Frauen-Café, Lange Gasse 11, Wien, Tel. 00 43-1/406 37 54.

Flohmarkt unterhalb der Station Kettenbrückengasse, U4, Wien.

Schweiz:

Frauenkino Xenia, Xenix, Zürich, Tel. 0041-1/ 241 00 32.
Donnerstag ist Frauentag!

Schwimmbad für Frauen, Stadthausquai, Zürich,
Tel. 0041-1/211 95 92.

Lektüre zum Ausgehen:

»Max City-guide«, 2000 Ausgehtipps in ganz Deutschland.
Verlagsgruppe Milchstraße Hamburg, 24,80 Mark.

Szenen Lokale in Deutschland, über: Connaisseur GmbH,
Eschenheimer Anlage 1, 60316 Frankfurt/Main,
Tel. 069/94 33 88 11.

»Prinz«, Stadtzeitschrift mit Szenetipps und Veranstaltungskalender.
Erscheint monatlich in allen Großstädten. Oder alternative Stadtmagazine.

Weitere Tipps und Adressen in jeder lokalen und regionalen Tageszeitung und in den wöchentlichen oder monatlichen Beilagen.

Kapitel 4

Medien:

Kontaktanzeigen können in fast allen Tageszeitungen und Magazinen geschaltet werden. Adressen im Impressum des Blattes. Alternative und interessante Rubriken (»Projekte«, »Frauenreisen«) z. B. in der Samstagsausgabe der taz, *die tageszeitung*, Kochstraße 18, 10969 Berlin, Anzeigenabteilung: Tel. 030/251 30 84, Fax: 251 30 87.

Tipp: Die *Frankfurter Allgemeine Zeitung* gibt eine Broschüre mit zahlreichen Beispielen erfolgreicher Kontaktanzeigen heraus: »Wieviel Zeilen braucht das Glück?« Die Anregungen und Formulierungshilfen sind gratis. Bestellcoupon in der Samstagsausgabe der FAZ.

Infos zu Single-Shows bzw. TV-Lebensberatung über folgende Zuschauertelefone:

ARD: 089/59 00 33 44 (»Herzblatt«)
WDR: 0221/22 01 (»Domian«)
SAT.1: 0138/38 38 (»Bzzz-Singles am Drücker«)
MTV: 040/61 13 80 (»Singled out«)
Südwest 3: 07221/92 37 24 (»Lämmle live«; Lebensberatung)

Agenturen:

Adressen der *Eheanbahnungsinstitute und Partnervermittlungsagenturen* in den Gelben Seiten oder im Kontaktanzeigenmarkt von Tageszeitungen und Magazinen. Adressen der Mitglieder des Gesamtverbandes der Eheanbahnungen und Partnervermittlungen e.V. über die GDE-Geschäftsstelle, Cavaillonstraße 6/2, 69469 Weinheim, Tel. 06201/18 37 13.

Adressen der Blind-Date-Agenturen über Stadtmagazine.

Aktiv-Fon: Tel. 01805/25 25 79. überregionale Freizeitbörse. Vertreten in 15 Städten Deutschlands. Sucht passende Partner aus, die man dann selbst anruft. Kostet 159 Mark im Jahr.

»Freizeit Telefonbuch« mit den Regionalausgaben Ruhrgebiet, Rheinland, Rhein-Main-Gebiet, Bayern. Info: Zentrale, Sebastianusstraße 11, 50259 Pulheim, Tel. 02238/96 22 66. Steckbriefe von Hobby- und Sportpartnern für individuelle Verabredungen, Infos zu organisierten Treffen und Aktivitäten. 39 Mark Aufnahmegebühr, 69 Mark monatlich.

Bundesverband der Freizeit- und Singleclubs, Karl-Mayer-Straße 50, 45884 Gelsenkirchen, Tel. 0209/133 85. 60 Mitglieds-Clubs, durchschnittlicher Jahresbeitrag 60 Mark.

P&M Partnervermittlung, Marsstraße 12, 80335 München, Tel. 089/55 34 02. Kontaktvermittlung nicht nur, aber speziell auch für behinderte Menschen; für Blinde und Sehgeschädigte gibt es den Fragebogen und Partnervorschläge in Groß- und Fettdruck oder als

131

besprochene Kassette. Auf Wunsch ist beim ersten Treffen ein Mitarbeiter der Agentur mit dabei. Vermittlungshonorar: maximal 3450 Mark für 12 Monate.

Interessenbörse Stuttgart, Tel. 0711/62 78 08, erreichbar mittwochs und freitags von 16-18 Uhr. Vermittlung von Interessens- und Hobbypartnern. Jeden ersten Mittwoch im Monat auch im Treffpunkt Rotebühlplatz, Stuttgart-Mitte, Tel. 0711/660 72 22. Kostenlos!

Börse für Aktive, Tel. 08106/2 09 90. Kontakte im Großraum München. Jahresbeitrag: 350 Mark für 36 Vermittlungsvorschläge.

Appelts Partnerservice, 1. Berliner Seitensprung Agentur, Martin-Luther-Straße 8, 10777 Berlin, Tel. 030/218 40 40. Für Frauen kostenlos.

Seitensprung Agentur Gruber, Rathochstraße 65, 81247 München, Tel. 089/814 40 43. Partnervermittlung seit 17 Jahren. Die Chefin lädt jedes neue Mitglied persönlich zum Gespräch und stellt anschließend Kontakte her. Einmalige Gebühr: 500 Mark für Männer, 350 für Frauen.

Seitensprung-Service Hamburg, Tel. 040/351 02 30. Erotische Abenteuer jeder Art. 7 000 Mitglieder und acht Niederlassungen in Deutschland und in der Schweiz. Aufnahmegebühr: für 12 Monate 350 Mark, Männer zahlen zusätzlich für jede Vermittlung 50 Mark, Frauen einmalig 100 Mark. Fragebögen können auch online ausgefüllt werden: http://www.der-seitensprung.de

Freizeitvermittlungsagentur Meet-you, Hamburg, Berlin, Ruhrgebiet, Bayern, Rhein-Main-Gebiet. Info und Anmeldung: Bella von Oertzen, Tel. 040/1 94 13. Organisiert Partner für Kino und Kurztrips. »Meat&Eat« für Hobbyköche und Mit-Esser, »Flirt&Follow«-Autoaufkleber für den Straßenverkehr. Monatlicher Rundbrief kostenlos. Alles überregional. Mitglieder: 1500. Gebühr: einmalig 75, monatlich 30 Mark.

Dinner for Fun Hamburg, Berlin, Düsseldorf, Stuttgart, München. Blind Date zu sechst! Wem die Disco zu laut, der Fitnessclub zu anstrengend und die Kontaktanzeige zu umständlich ist. Die Voraussetzungen: Zeit, Appetit und gute Laune. Das Treffen: Einmal im Monat in einem edlen Restaurant. Kosten: einmalig 149 Mark, pro

Dinner (Aperitif, Drei-Gänge-Menü, Getränke und Kaffee) 89 Mark. Infos und Anmeldung über DIDA & KO, Karin Reipschläger, Warnstedterstraße 48, 22525 Hamburg, Tel. 040/54 76 66 00.

Compania, Anklamerstraße 38, 10115 Berlin, Tel. 030/44 35 87 03. Berlins einziger und der bundesweit erste Begleitservice von Frauen für Frauen. Für Geschäftsfrauen, Alleinreisende, Frauen mit Handicaps, Neu-Berlinerinnen. Für Sport, Freizeit, Abendveranstaltungen. In mehr als zehn Sprachen. Pauschaltarif für einen Nachmittag oder Abend: 150 Mark. Halbtagestour mit Programm: 250 Mark. Aufnahmegebühr für die »Kontaktbörse« (organisiert Blind Dates): 25 Mark.

Wissensbörse e.V. Hamburg, Waitzstraße 31, 22607 Hamburg, Tel. 040/890 72 58. Kontakt zwischen Kultur- und Kommunikationsinterssierten Bürgerinnen.

Freiwilligenzentren: Anlaufstellen für alle, die ihre Zeit und Fähigkeit in den Dienst am Nächsten stellen wollen – ehrenamtlich. Einsatzmöglichkeiten: Kleidung an Obdachlose verteilen, den Spaziergang mit der Alzheimerpatientin. Infos und Adressen von Freiwilligenzentren über den Deutschen Caritasverband in Freiburg, Tel. 0761/20 00.

»Gib und Nimm«-Tauschring, Einsiedelstraße 39, 40597 Düsseldorf. Kontakte über Nachhilfe, Vorlesen, Keller entrümpeln, Liebesbriefe schreiben: Tauschbörsen organisieren den Austausch von Waren und Dienstleistungen. Aufnahmegebühr: 20 Mark. Die weitere »Bezahlung« der Leistungen erfolgt über Kunstgeld: »Taler« oder »Dömark«. 185 Tauschring-Adressen bundesweit, 298 europaweit und weitere Infos über Michael Wünstel, Zeitschrift »Angebot und Nachfrage«, Gartenstraße 28, 76770 Hatzenbühl, Tel. 07275/14 24. Die Liste kostet 4 Mark, plus 2,20 Mark Rückporto.

Chatlines. Partnersuche anonym am Telefon. Z. B. die Dating-Line unter Tel. 0130/33 23 32. Frei für Leute ab 18. Frauen zahlen nichts. Die Chatline funktioniert wie ein Walkie-talkie: per Telefontastatur einen Gesprächspartner holen oder rausschmeissen. Die Männer in der Leitung wählen Tel. 0190/33 26 30 und zahlen 80 Pfennig pro Minute.

Internet

Per Espresso in den Cyberspace. Internetcafés bieten aber nicht nur virtuelle Realität, sondern konzeptionell und innenarchitektonisch eine Melange aus Kaffeehaus und Computerterminal – immer mehr Lokale in den Großstädten schwimmen auf dieser Welle. Richtig wohl fühlen sich Surfer angeblich vor allem im Flair von »Cyberia« in London. Wer nicht so weit fahren will: Karstadt und Kaufhof haben in manchen Städten schon öffentliche Terminals eingerichtet. Stadtbüchereien, Mediotheken und McDonalds auch. Vorbeischauen! Tipp: »Virtuality«, Lewishamstraße 1, 10629 Berlin, Tel. 030/327 51 43. Schöne Neue Welt: Computer und Cocktails aus einer ausgehöhlten Ananas.

Freunde fürs Surfen: »Firefly«. Wer sich unter http://www.firefly.com gratis anmeldet, bekommt einen Agenten als unsichtbaren Begleiter. Ein digitaler Schlaumeier! Er merkt sich den Lieblingskinofilm und auch sonst vieles andere. Künftig kann er dann Tipps geben und Gleichgesinnte zum Gedankenaustausch zusammenbringen.

Frauen im Internet: Infos über Veranstaltungen, Frauenorganisationen, Tauschbörse etc. über die Adresse: www.frauen-online.de oder Frauen-Online, Birgit Mevis, Gartenweg 20, 52388 Nörvenich, Tel. 02426/90 10 44.

Recherchen und Internetseminare: »die media« frauen informieren online, Kontakt: Helga Dickel, Carolina Brauckmann, Marienplatz 4, 50676 Köln, Tel. 0221/240 86 75.

Veranstaltungskalender jeder größeren Stadt im Internet – z. B. Berlin unter: http://www.berlin030.de

Österreich:

http://www.magwien.gv.at/
4000 Seiten mit Infos u. a. zu öffentlichen und privaten Serviceeinrichtungen Wiens.

Kapitel 6

Städtetouren oder Geschäftsreisen

Bamberger Geistertour: eine Stadtführung der unheimlichen Art – grauenhaft! Mit einem Sammelsurium aus Hexen, Spukgestalten und teuflischen Katzen. Eineinhalb Stunden für 100 Mark. Infos: Bamberger Tourismus-Service, Tel. 0951/87 11 55.

Pauschalangebot *»Zeit für Potsdam«:* Wochenendarrangement mit zwei Übernachtungen/ Frühstück, Welcome Card Berlin/Potsdam und kulturellen Angeboten nach Wunsch. Info: Potsdam-Information, Tel. 0331/275 58 22.

Ostern: Der Münchener Verein *Stattreisen e.V.* bietet an den Feiertagen außergewöhnliche Rundgänge an. Infos: Tel. 089/54 40 42 30.

Dresden-Card: Ermäßigungen bei der Stadterkundung. Infos, Prospekte, Kartenservice über Dresden Werbung und Tourismus GmbH, Tel. 0351/49 19 20.

Köln der Frauen e.V., Tel. 02236/6 82 71. Zusammenstellung von Welcome-Packages (Hotelbuchung, Kartenreservierung, Frauentouren).

Frauengeschichten in Köln: *Touristin in der eigenen Stadt oder Kaiserin Theophanu – eine Frau im Zentrum der Macht.* Stadtrundgänge und Führungen zur Kölner Frauengeschichte. Infos: Tel. 0221/24 82 65.

Trips für Geschäftsreisende: WBT Worldwide Business Travel, Weiberwirtschaft, Anklamerstraße 38, 10115 Berlin, Tel. 030/448 38 45.

Frauentouren: Von den sagenhaften Frauen aus den Entstehungszeiten Berlins. Als Begleitbroschüre ist erschienen »Geschichte der Frauenbewegung erfahren«. Infos: Tel. 030/626 16 51.

Zum Unterkommen:

Pension *»Wilder Wein«,* Achtern Diek 37, 25764 Reinsbüttel, Tel. 04833/10 31.

Frauenpension *Arleta,* Am Nordberg 7, 38644 Goslar, Tel. 05321/2 53 23.

Tramperpoint Stuttgart, Wiener Straße 317, 70469 Stuttgart, Tel. 0711/817 74 76.

Frauenhotel *Artemisia,* Brandenburgische Straße 18, 10707 Berlin, Tel. 030/873 63 73.

Frauenhotel *Hanseatin* und *Café endlich,* Dragonerstall 11, 20355 Hamburg, Tel. 040/34 13 45.

Frauenhotel *Haus am Dom,* Töpferstraße 9, 24837 Schleswig, Tel. 04621/2 13 88.

Österreich:

60 Stadtführungen durch Wien mit unterschiedlichen Schwerpunkten. Auf der Tour *Für Kipflkoch und Bratlgeiger* kann man Nussbeugerl und Buchteln kosten und auf der Kleinen Toilettentour die diversen Bedürfnisanstalten testen.
Broschüre *»Wiener Stadtspaziergänge«* kostenlos beim Wiener Fremdenverkehrsamt, Tel. 0043-1/21 11 40.

Kritische Stadtrundfahrt: Wien aus einer anderen Perspektive. Infos: Stattwerkstatt im Reisebuchladen, Tel. 0043-1/317 33 84.

Fremdenführer: Travelpoint, Tel. 0043-1/319 42 43 oder Vienna Guide Service, 0043-1/586 62 03.

Odyssee Reisen: Reisebüro: Tel. 0043-1/402 77 21, Mitwohnzentrale: 402 60 61. Privatquartiere, Theaterkarten, Service für Studienaufenthalte und Dienstreisen.

Best for Ladies, Wilhem Kress Straße 19, A-5020 Salzburg, Tel. 0043-6/62-43 87 09. Frauentourismusprojekt der Stadt Salzburg: frauengerechte Hotels, Kontaktbörse für Alleinreisende, Stadt- und Museumsgänge.

Schweiz:

Frauenzimmer, Frauenbibliothek im Frauenzentrum, Klingentalgraben 2, CH-4057 Basel, Tel. 0041-61/683 00 55.

Frauenzentrum Natalie Barney, 30 av. Peschier, CH-1211 Genf 25, Tel. 0041-22/789 26 00. Dokumentationszentrum, Bar, Restaurant.

England:

Infos speziell für Geschäftsfrauen brieflich oder per Fax: Swallow Hotels/Swallow House, Parsons Rd., UK-Washington, Tyne & War, NE 37 1QS, Fax 0044-191/419 46 66 oder 419 45 45.

Global Network, London, 0044-171/722 95 65. Weltweite Datenbank mit frauenfreundlichen Hotels, Restaurants und Reisediensten; neueste Informationen gegen einen jährlichen Mitgliedsbeitrag von 100 englischen Pfund.

Paris:

Theaterkarten vom selben Tag gibt es an den beiden Kiosque Theatre zum halben Preis (Place de la Madelaine, VIII, und Bahnhofsvorplatz der Gare Montparnasse, VI; im Juli und August sind die Stände sonntags geschlossen). Tipps und Termine für Veranstaltungen im Stadtmagazin *pariscope.* Erscheint wöchentlich, gibt's an jedem Kiosk für drei Francs.

Kurztrips

Reisen zu den *Events:* Harald-Schmidt-Show in Köln? Halloween-Wochenende? Fussball-WM in Frankreich? Kicks, Trips, Shows und Specials. Infos: Jomo-Tours, Tel. 07131/70 23 25.

Pfalz: *»Kneipp-Wanderwege«,* eine Tour rund 150 Kilometer entlang der Deutschen Weinstraße und quer durch das Naturschutzgebiet des Pfälzer Wald. Und nach der berühmten Wasserkur eine Kneipen-Tour am Abend. Infos: Fremdenverkehrsbund und Heilbäderverband Rheinland/Pfalz e.V., Tel. 0261/91 52 00. Pauschalangebote direkt über die Hotels.

Silvester: arktisches Abenteuer? Oder coole Cocktails? Im Reisebüro um die Ecke nach Pauschalarrangements fragen. Katalog zum Beispiel über: INS Reisen München, Tel. 089/32 30 42 87.

Wellness in Warnemünde: Zu DDR-Zeiten leerte Fidel Castro im Hotel Neptun die Mini-Bar und Helmut Kohl genoss seinen Aquavit zu Matjes. Heute wirkt dort die Heilkraft des Meeres in der Badewanne: in Deutschlands erstem Thalasso-Therapiezentrum in Mecklenburg-Vorpommern. Infos: IKD-Reisen München, Tel. 089/54 40 92 20.

Litera-Tour bei den Literaturtagen: Leinen los! Einmal im Jahr schippert der Dichter-Dampfer von Konstanz aus über den Bodensee. Prosa, Literaturkritik, Lesungen und belesene Gäste. Tiefgang! Termin: 19. September. Infos: Internationaler Bodensee-Club, Frau Brummer-Kraft, Tel. 07531/1 72 84.

Weihnachtswoche in Westerland: Sylt im Winter. Das Hotel Wiking beispielsweise bietet sieben Übernachtungen, einen Weihnachtskaffee mit Gebäck, vier Stunden in der »Sylter Welle« inklusive Fitnessraum, Saune und Sonnenbank für 690 Mark. Infos zu Pauschalarrangements: Städtischer Kurbetrieb, Tel. 04651/99 80.

Zauberdiplom: Ein Wochenende in der Welt der Magie. Die Ulmer Zauberschule Fred Bossie zeigt Tricks und Gags in sechs Doppelstunden. Zwei Übernachtungen/Frühstück, Kleines Ulmer Zauberdiplom, ein Zauberkoffer mit entsprechenden Requisiten und Handbuch: 569 Mark im Einzelzimmer. Infos unter Tel. 07307/97 63 73.

Baden, Wandern und Wein: zwei Übernachtungen mit Frühstück, Eintritt ins Solehallenbad und eine Weinwanderung mit Probe und Vesper für 220 Mark.
Infos: Verkehrsamt Bad Rappenau, Tel. 07264/8 61 26.

Leipziger Kultur: Ausstellungen zur Stadtgeschichte und zum Werk Paul Klees, Jazztage, Humorfestivals –
Programm über: Leipzig Tourist Service, Richard Wagner-Straße 1, 04109 Leipzig, Tel. 0341/710 42 60.

Jan-Ullrich-Land: So nennt sich die Region Kaiserstuhl-Tuniberg seit der Merdinger Ullrich die Tour de France gewonnen hat. Touren auf seinen Spuren hat der Schwarzwald Tourismusverband zusammengestellt – die Idee von der Single-Radtour stammt aus Breisach am Rhein. Infos unter Tel. 0761/3 13 17.

Bridge in Bad Griesbach: Kurse für Neueinsteiger, Seminare für Fortgeschrittene und kombinierte Golf-Bridge-Wochen. Hotline: 0130/75 13 50.

Move on: Frauen und Sport und Fitness und Gesundheitszentrum. Ferdinandstraße 30A, 44789 Bochum, Tel. 0234/30 17 04. Oder Squash für Frauen, Maureen Sulman, München, Tel. 089/864 37 84.

Schneewittchen-Wanderweg: Im Spessart steht das Schloss, in dem die böse Stiefmutter Rachepläne schmiedete. Nach der Besichtigung geht es 35 Kilometer vom Elternhaus der Märchenheldin über sieben Spessart-Berge zu den sieben Zwergen. Infos über die Tourist-Information Spessart-Main-Odenwald, Tel. 06021/39 42 71.

Schnapsbrennen: dreitägige Lehrgänge über die Geheimnisse der Gärung und des Brennens in Wirsberg. Und eine Flasche Kräuterschnaps als Wegzehrung. Infos über die Kurverwaltung, Tel. 09227/7 33 88.

Österreich:

Steirisches Salzkammergut: Im Faltblatt *»Rad-Touren in und um Bad Mitterndorf«* werden sechs »Themenwege« vorgeschlagen, z. B. ein Moor-, Römer- oder Vital-Radweg. Mittwochs geführte Radwanderungen, wobei die Gäste die Route und das Ziel wählen dürfen. Infos: Tourismusverband A-8983 Bad Mitterndorf, Tel. 0043-3623/24 44.

Schweiz:

Alternative Trips: Wanderfasten, Singen auf Malta, Kurs in der Schwitzhütte. Infos z. B. über: A-Bulletin, Rolandstraße 27, CH-8004 Zürich. In Deutschland z.B. Adressen im Kleinanzeigenmarkt in der Samstags-taz am Kiosk.

Schweizer Abenteuerlust: Eistauchen im zwei Grad kalten Wasser für 160 Franken. Info: Ice Rock Club Zermatt, Tel. 0041-27/960 70 50. Schneeschuhtouren bei Sonnenaufgang oder Mondschein, Ausflüge mit Polarhunden im Vallee de Joux (Jura). Oder Bungy-Jumping aus einer Seilbahn (100 Meter Höhe) über dem Hinterstockensee im Berner Oberland. Infos: Schweiz Tourismus, Tel. 069/25 60 01 60.

Italien:

Gourmetwandern in Südtirol: *»Kurzer Weg und lange Bockwurst«* –
die Ferienphilosophie der sanftmütigen Müßiggänger als Antwort
auf schnelle Trendsportarten. Infos: Tourismusverband Crontour,
Tel. 0039-474/55 54 47.

Frankreich:

In den rund 1500 Cafés in Frankreich, an denen das Schild *Bonjour*
hängt, erhalten Besucher kostenlos touristisches Informationsmate-
rial über den jeweiligen Ort.

Jahresurlaub:

Begegnungsreisen: Menschliche Kontakte und gegenseitiges Kennenlernen verschiedender Kulturen stehen im Vordergrund. Infos: Servas
Deutschland, Frankfurt: Tel. 069/55 85 78. Servas Schweiz, Luzern: Tel.
0041-41/240 86 25.

Gruppenreisen oder spezielle Frauen-Reise-Programme über:

Neues Reisen, Ginsterheide 6, 21149 Hamburg, Tel. 040/702 41 17.

Animens-Urlaubs-Seminare, Hoheluftchaussee 109,
20253 Hamburg, Tel. 040/42 91 22 22.

Single-Travel, Bahnhofstraße 40, 63400 Seligenstadt,
Tel. 06182/30 13.

Batis Nürnberg (z.B. Safaris nur für Singles). Tel. 0911/598 83 56.

Arktis Reisen Schehle, Bahnhofstraße 13, 87435 Kempten,
Tel. 0831/521 59 60.

Hoffmann Reisen (z.B. Syrien, Jordanien, Vietnam nur für Frauen),
Agnesstraße 3, 80801 München, Tel. 089/271 62 11.

Salome Stauffer, Im Hopfengarten 1, 35080 Dernbach, 02776/75 74

NOUWELLE Frauen-Aktiv-Reisen, Kleiner Schäferkamp 32,
20357 Hamburg, Tel. 040/44 14 56.

The Travelling She, Luxemburger Straße 124-136, 50939 Köln,
Tel. 0221/44 35 41.

OUR WORLD travel Reisen GmbH, Müllerstraße 43,
80469 München, Tel. 089/260 55 71

Heideker Reisen, Zirbelstraße 15, 85435 Erding, Tel. 08122/8 50 80.

High Live, Frauenkletterschule und Reisen, Lindenbornstraße 18,
50823 Köln, Tel. 0221/51 96 22.

Frauen Unterwegs – Frauen Reisen, Potsdamer Straße 139,
10783 Berlin, Tel. 030/215 10 22.

DISWEB Das europäische Netzwerk für Frauen mit Behinderungen:
Kontakt: Johanna Krieger, Frauenbuchladen Bismarckstraße 98,
20253 Hamburg. Anfragen nur postalisch möglich.

ReisepartnerInnenvermittlungen:

Single-Reisebörse Henriette Meuser, Postfach 170241,
40083 Düsseldorf, Tel. 0211/67 85 62
Freundeskreis Alleinreisender e.V., Börse für Alleinreisende,
Tel. 040/880 74 21

Frauen-Reisebörse Köln, Tel. 0221/51 52 54.
Gruppenreisen, Reisepartner- und Freizeitpartnervermittlung, Erfurt,
Tel. 0361/561 19 44.
Women Travel Club, Zürich, Tel. 0041-1/350 30 50

Segeln für Frauen:

Feministischer Seglerinnen-Verein e.V., Tel. 040/880 48 68.
Swan Charter Deutschland, Tel. 0421/346 96 50.
Ines Jochmann Segeltörns, Tel. 0521/29 07 54.
Heike Bauer Special Sailing Trips, Tel. 0431/52 29 30.

Studienreisen:

Studiosus Reisen München, Tel. 089/50 06 00
Baumeler Josef AG, RHZ-Reisen Zürich, Tel. 0041-1/271 33 16.

Jugendherbergen:

Deutsches Jugendherbergswerk, Detmold: Tel. 05231/7 40 10
Österreichisches Jugendherbergswerk, Wien:
Tel. 0043-1/53 35 35 30
Bund Schweizer Jugendherbergen, Zürich: Tel. 0041-1/360 14 14.

Workcamps:

Service Civil International, Blücherstraße 14, 53115 Bonn,
Tel. 0228/21 20 86.
Caritas Schweiz, Löwenstraße, CH-6002 Luzern,
Tel. 0041-41/419 22 22.

Mitwohnzentralen:

Verband der Mitwohnzentralen e.V., Georgenstraße München,
Tel. 089/271 55 05 oder Schulterblatt 112, 20357 Hamburg,
Tel. 040/1 94 45.

Lektüre zum Wegfahren:
Die Reihe Reise-Know-how bietet alles Wissenswerte von der Stadt-
tour über den Kurztrip bis hin zum Jahresurlaub – weltweit.

Literatur

Antfang, Peter/Urban, Dieter: »Vertrauen« – soziologisch betrachtet«. Ein Beitrag zur Analyse binärer Interaktionssysteme. Stuttgart 1994.

Auhagen, Ann Elisabeth (Hg.): »Zwischenmenschliche Beziehungen«. Göttingen/Bern 1993.

Beck/Beck-Gernsheim: »Das ganz normale Chaos der Liebe«. Frankfurt 1990.

Bossi, Jeanette: »Augenblicke. Zur Psychologie des Flirts«. Bern/Göttingen 1995

Bröhm, Patricia: »Leben ohne Angst«. Stuttgart 1997.

Copray, N. (Hg.): »Lieber allein? Im Sog der Single-Gesellschaft«. München 1991.

Geiling-Maul, Barbara (Hg.): »Frauenalltag. Weibliche Lebenskultur in beiden Teilen Deutschlands«. Köln 1992.

Grözinger, Gerd: »Das Single«. Gesellschaftliche Folgen eines Trends. Opladen 1994.

Hradil, Stefan: »Die Single-Gesellschaft«. München 1995.

Institut für Demoskopie Allensbach (Hg.): »Frauen in Deutschland«. Lebensverhältnisse, Lebensstile und Zukunftserwartungen; die Schering Frauenstudie 1993. Köln 1993.

Keppler, Angela: »Wirklicher als die Wirklichkeit?« Das neue Realitätsprinzip der Fernsehunterhaltung. Frankfurt 1994.

Krüger, Wolfgang: »Das schwierige Glück der Freundschaft«. Piper 1992.

Maiworm, Regina E.: »Menschliche Geruchskommunikation: Einflüsse körpereigener Duftstoffe auf die geschlechtliche Attraktivitätswahrnehmung«. Münster/New York 1993

Mayr-Kleffel, Verena: »Frauen und ihre sozialen Netzwerke: auf der Suche nach einer verlorenen Ressource«. Opladen 1991.

Meiser, Hans-Christian (Hg.): »Freunde schaffen und behalten«. Frankfurt am Main 1995.

Meyer, Sibylle/Schulze, Eva: »Balancen des Glücks«. Neue Lebensformen: Paare ohne Trauschein. Alleinerziehende. Singles. München 1989.

Molcho, Samy: »Partnerschaft und Körpersprache«. München 1996.

Müller-Schwefe, Hans-Ulrich (Hg.): »Über die Freundschaft«. Frankfurt am Main/Leipzig 1996.

143

Rakusa, Ilma (Hg.): »Einsamkeiten«. Frankfurt am Main 1996.

Seidenspinner, Gerlinde (Hg.): »Junge Frauen heute – Wie sie leben, was sie anders machen«. Opladen 1996.

Szszesny-Friedmann, Claudia: »Die kühle Gesellschaft: Von der Unmöglichkeit der Nähe«. München 1991.